petra hartlieb

WENN ES FRÜHLING
WIRD IN WIEN

PETRA HARTLIEB wurde 1967 in München geboren und ist in Oberösterreich aufgewachsen. Sie studierte Psychologie und Geschichte und arbeitete danach als Pressereferentin und Literaturkritikerin in Wien und Hamburg. 2004 übernahm sie eine Wiener Traditionsbuchhandlung, vormals »Buchhandlung Friedrich Stock« im Stadtteil Währing. Sie heißt heute »Hartliebs Bücher«. Davon erzählt ihr 2014 bei DuMont erschienener Bestseller ›Meine wundervolle Buchhandlung‹. In ›Wenn es Frühling wird in Wien‹ spielt diese Buchhandlung erneut eine zentrale Rolle.
›Wenn es Frühling wird in Wien‹ ist die Fortsetzung des 2016 erschienenen Romans ›Ein Winter in Wien‹.

petra hartlieb

WENN ES
FRÜHLING
WIRD
IN WIEN

DUMONT

Erste Auflage 2018
© 2018 DuMont Buchverlag, Köln
Alle Rechte vorbehalten
Umschlaggestaltung: Lübbeke Naumann Thoben, Köln
Umschlagabbildung: © EnginKorkmaz – Depositphotos.com
Satz: Angelika Kudella, Köln
Gesetzt aus der Sabon
Druck und Verarbeitung: CPI books GmbH, Leck
Gedruckt auf säurefreiem
und chlorfrei gebleichtem Papier
Printed in Germany
ISBN 978-3-8321-9848-0

www.dumont-buchverlag.de

FÜR MEINE KOLLEGINNEN
UND KOLLEGEN:

Alex, Anna, Barbie, Berna, Elodie, Eva, Hanna, Jakob, Lena, Livia, Peter, Silvia und Teresa.

DIE SCHUHE WAREN mindestens eine Nummer zu klein. Marie musste ganz vorsichtig gehen, damit sie nicht stolperte. Vor allem der Teppich bereitete ihr Schwierigkeiten und sie konnte gar nicht anders, als sich an Oskars Arm festzuhalten. Das Mieder war viel zu eng, sie war so ein Ding gar nicht gewöhnt. Die Köchin hatte sie reingeschnürt und dreimal nachgefragt, ob sie sicher sei, sich das antun zu wollen. »Ja, zieh fest zu, ich will wie eine feine Dame ausschauen.«

Hoffentlich wurde ihr nicht schwindlig, schließlich konnte sie die Schnüre alleine nicht lockern.

Oskar schritt über die große, mit rotem Teppich ausgelegte Treppe, als wäre das alles völlig normal für ihn. Das riesige Stiegenhaus, die vielen Gemälde, die Marmorstufen, all das schien ihn nicht wirklich zu beeindrucken.

Nachdem ein Herr in einer schwarzen Livree ihre Karten abgerissen hatte, führte Oskar sie in den Zuschauerraum des k. k. Hofburgtheaters. Er schien zu spüren, wie der Raum auf Marie wirkte, knapp hinter dem Einlass blieb er stehen und beobachtete sie, wie sie sich mit offenem Mund und großen Augen umblickte. Die mit rotem Samt bezogenen Sessel, die üppig verzierten Logen, die vielen Lichter überall und der riesige Kristallluster in der Mitte des Saals. So einen Prunk hatte sie, das Mädchen vom Land, noch nie gesehen.

»Verzeihen Sie, Sie können hier nicht stehen.«

»Pardon, darf ich bitte durch?«

»Gestatten?«

Die beiden wurden von den anderen Gästen ins Innere des

Raumes geschubst und Marie hielt die abgerissenen Karten fest in der Hand. Oskar hatte darauf bestanden, dass *sie* sie an der Tür vorzeigte, obwohl Marie ihm den Umschlag bereits in der Tramway in die Hand hatte drücken wollen.

»Das sind deine Karten. Du hast sie geschenkt bekommen und du nimmst mich freundlicherweise mit. Also behältst du die Karten auch.«

Seitdem hielt Marie die beiden kleinen Papierstreifen fest in der Hand. Nur als sie kontrolliert und abgerissen wurden, ließ sie sie kurz los.

»Wo sind unsere Plätze?« Oskar hielt ihre Hand immer noch fest.

»Ich weiß es nicht.« Marie sprach ganz leise.

»Du musst auf die Karten schauen, da steht's.«

Mein Gott, wie dumm sie sich vorkam. Ein dummes, kleines Kindermädchen vom Land, das Dame spielen wollte. Und ins Theater ging. Wahrscheinlich hatten die feinen Leut' sie alle längst bemerkt und tratschten über sie. Rasch las sie vor: »Fünfte Reihe, Platz sechs und sieben.«

»So teure Plätze hatte ich noch nie!« Oskar zog sie begeistert weiter und sie suchten die fünfte Reihe.

Marie war froh, als sie sich setzen konnte, die Schuhe drückten unangenehm und durch das enge Mieder war sie doch ein wenig kurzatmig.

»Und?« Oskar strahlte sie an, als würde das alles ihm gehören und er es ihr stolz präsentieren.

»Es ist … es ist … überwältigend.«

»Ja, das stimmt. Ich kann mich so gut daran erinnern, wie ich das erste Mal hier war.«

»Wann war das?«

»Ich weiß es genau. Ich war siebzehn. Herr Stock hat mir die Karte zum Geburtstag geschenkt, allerdings Stehplatz. Nicht so nobel wie dein erster Theaterbesuch.«

»Tja, ich kann's mir ja leisten«, lachte Marie, die sich inzwischen ein wenig entspannt hatte. Die Theaterkarten, die der Herr Doktor ihr zu Weihnachten geschenkt hatte, kosteten fast so viel, wie sie in einem Monat in seinem Haushalt als Kindermädchen verdiente.

»Ja, du bist eine feine Dame und ich nur ein einfacher Buchhändler, da hab ich richtig Glück, dass du mich mitnimmst.«

Inzwischen hatten alle ihre Plätze eingenommen, nur hier und da huschten noch ein paar Menschen durch die Gänge, ein Klingeln ertönte und Oskar drückte ihre Hand und flüsterte: »Pst. Es geht los.«

Marie war wie gebannt. Sie sog die Bilder in sich auf, versuchte jede Szene zu verstehen und gleichzeitig dachte sie immer wieder an ihren Dienstherrn, aus dessen Feder diese Worte geflossen waren. Es war schier unvorstellbar: All das, was sie hier auf der Bühne sah, war zuerst im Kopf des Herrn Doktor Schnitzler gewesen, dann hatten es diese wunderbaren Menschen da vorne auswendig gelernt und erzählten es jetzt für sie. Ja, Marie hatte das Gefühl, dass die Bleibtreu und der Korff diese Sätze nur für sie sprachen, sie vergaß die Menschen rundherum. Sogar, dass Oskar neben ihr saß, war ihr gar nicht mehr bewusst, und als hinter ihr ein älterer Herr einen Hustenanfall bekam, schreckte sie hoch und drehte sich vorwurfsvoll um.

Sie war hellwach und hatte die Augen weit geöffnet. Sie wollte nichts verpassen, jedes Wort, jede kleine Geste nahm sie in sich auf und hoffte, sich alles für immer merken zu können.

Dabei war der Tag sehr lang gewesen und am frühen Abend war sie so müde gewesen, dass sie Angst gehabt hatte, sie würde im Theater einschlafen, sobald die Lichter ausgingen.

Lili war bereits um halb sechs hellwach und Marie hatte große Mühe, die aufgeweckte Zweijährige ruhig zu halten. Die gnädige Frau war immer sehr grantig, wenn sie zu früh geweckt wurde, und nachdem Marie aus dem Arbeitszimmer des Herrn Doktor spätnachts noch Licht gesehen hatte, nahm sie an, dass auch er noch schlief. Marie war ebenfalls viel zu spät eingeschlafen. Ständig hatte sie an den bevorstehenden Theaterbesuch und an Oskar gedacht. Einmal war sie mitten in der Nacht aufgestanden und hatte kontrolliert, ob die beiden Theaterkarten noch auf der Kommode lagen.

Diese beiden Karten für das k. k. Hofburgtheater waren das Kostbarste, das Marie jemals besessen hatte. Als ihr der Herr Doktor diesen Umschlag zu Weihnachten in die Hand gedrückt und Heini sie genötigt hatte, das Kuvert vor ihrer aller Augen zu öffnen, hatte sie zu weinen begonnen, weil sie so glücklich gewesen war. Lili war auf einen Sessel geklettert und hatte Marie mit ihrer kleinen, klebrigen Hand die Tränen weggewischt und der neunjährige Heini hatte sich fast ein wenig über Maries Gefühlsausbruch erschrocken.

Heute waren die Kinder trotz der morgendlichen Dunkelheit früh aufgestanden. Heinrich war in gedrückter Stimmung, weil seine Eltern für ein paar Tage nach Salzburg reisten, die gnädige Frau war übellaunig, schimpfte beim Kofferpacken ständig mit dem Dienstmädchen, ja sogar die gutmütige Anna, die in der Küche den Herrschaften eine kleine Jause für die Reise bereitete, war grantig.

Endlich fuhren Herr und Frau Schnitzler ab, und als sie ins Autotaxi stiegen, das sie zum Bahnhof bringen sollte, stand Marie mit Lili auf dem Arm an der Haustür. Die Kleine winkte dem schwarzen Wagen nach, bis er aus der Sternwartestraße verschwunden war. Heini war natürlich viel zu groß für so ein albernes Winken und hatte sich zu Anna in die Küche verzogen.

»So, jetzt trinken wir erst mal einen guten Kaffee!« Anna war sichtlich erleichtert, dass die Herrschaften endlich weg waren und Ruhe ins Haus einkehrte. »Heini, bist du so lieb und schaust mit der Lili ein Buch an? Ich muss noch was mit Marie besprechen.«

»Nein, ich will bei euch bleiben!« Heinrich blickte die Köchin finster an.

Die lachte nur und schob die beiden aus der Küche. Marie bewunderte sie für ihre Autorität und dafür, dass die Kinder sie einfach immer respektierten.

»Dafür spiel ich gleich mit dir Mensch-ärgere-dich-nicht«, sagte Marie, stellte zwei Kaffeetassen auf den Tisch und schloss die Tür hinter ihnen.

»Weißt du schon, was du anziehst?«

»Heute? Fürs Theater?«

»Natürlich, Herzchen. Wohl kaum fürs Mensch-ärgere-nicht-Spielen. Ach, ich bin ganz aufgeregt, ich würde da nicht hingehen, ich tät mich das nicht trauen.«

»Ja, ja, mach mir nur noch mehr Angst, ich hab eh schon die ganze Nacht kein Auge zugetan.«

»Ach, das wird schön, du wirst wie eine feine Dame aussehen und der Oskar ist ja ein galanter Bursche.«

»Ja, aber er kennt sich so gut aus mit dem Theater und ich bin ein ungebildetes Bauernmädel.«

»Er wird dich nicht abprüfen danach. Geht ihr dann eigentlich noch aus?«

»Ich glaube nicht. Das schickt sich nicht, so spät in der Nacht. Außerdem muss ich ja heim zu den Kindern.«

»Die Herrschaften sind nicht da und ich pass schon auf, dass den Kindern nichts passiert.«

Marie konnte heute nur ins Theater gehen, weil die Köchin angeboten hatte, die Kinder zu übernehmen. Sie war es auch gewesen, die die Herrschaften gefragt hatte, ob Marie für den Theaterbesuch an diesem Abend ausnahmsweise frei bekommen könne. Denn auch wenn Herr und Frau Schnitzler nicht im Haus waren, wollten sie sicher sein, dass sie sich keine Beschwerde einhandelten, wenn Marie ausging, obwohl es nicht ihr freier Abend war.

»Gehen Sie nur, meine Liebe. An diesem Tag spielt die Bleibtreu, sie ist die bessere Besetzung.« Der Doktor hatte wohlwollend genickt, als Anna ihm die Bitte vorgetragen und Marie stumm danebengestanden hatte.

Der Tag zog sich endlos dahin, draußen war es nass und kalt und die Kinder wollten das Haus nicht verlassen. Als Lili ihr Mittagsschläfchen hielt, überredete sie Heini, in seinem neuen Karl May zu lesen, und Marie legte sich für eine halbe Stunde aufs Kanapee im Kinderzimmer.

Natürlich waren beide Kinder dabei, als sie ihre Toilette machte, und als sie ihr einziges gutes Kleid anzog, sah Heinrich sie skeptisch an. »Die Kleider von der Mama sind aber irgendwie anders«, meinte er vorsichtig.

»Ja, Heini, deine Mama ist auch eine feine Dame und ich bin nur ein Kindermädchen.«

»Aber heute bist du auch eine feine Dame!« Heinrich schlang seine Arme um sie und drückte sein Gesicht in ihren Schoß. Da schossen Marie gleich wieder die Tränen in die Augen vor lauter Rührung. Was hatte sie nur für ein Glück, dass sie diese Stellung bekommen hatte! In diesem schönen Haus mitten im Cottageviertel, mit Dienstherren, die sie gut behandelten, und den reizenden Kindern, die ihr vom ersten Tag an so zugetan waren.

»Du könntest dir doch ein Kleid von der Mama ausborgen«, schlug Heini vor.

»Nein, Heini, das kann ich nicht. Erstens gehört sich das nicht und zweitens würde es mir nicht passen. Deine Mama ist doch viel größer als ich.«

»Und dicker auch«, kicherte Heini und das wiederum steckte Lili an und sie krähte fröhlich vor sich hin: »Dicker, dicker, dicker.«

Eine halbe Stunde bevor Oskar sie abholen kam, saß sie fix und fertig in der Küche und traute sich nicht mal mehr ein Glas Wasser zu trinken. »Stell dir vor, ich muss im Theater aufs Klo!«

»Na ja, die werden auch Toiletten haben. Selbst die feinen Leut' müssen manchmal aufs Klo.«

Pünktlich um sechs klingelte es und Oskar stand vor der Tür. Er küsste Marie die Hand und die Köchin wurde mit einer tiefen Verbeugung bedacht.

»Wunderschön siehst du aus.«

»Findest du? Danke.« Marie warf noch einen letzten prüfenden Blick in den Spiegel, bevor sie sich ihren Mantel umwarf. Das Sonntagskleid war schlicht, aber es hatte einen guten Schnitt und betonte Maries zierliche Figur. Im letzten Moment hatte Anna noch einen Riss im Saum entdeckt und ihn kunstvoll geflickt. Gestern hatte sich Marie die Schuhe vom Kindermädchen der Schmutzers von gegenüber ausgeborgt. Sie waren zwar eine Nummer zu klein, aber ihre eigenen Sonntagsschuhe erschienen ihr zu klobig und trotz des mehrmaligen Polierens bekam Marie sie nicht mehr zum Glänzen.

»Hast du die Karten?«

»Jessas, die Karten!« Vor lauter Aufregung hatte Marie den Umschlag in ihrem Zimmer liegen gelassen. Heini rannte schnell die Treppe hoch und holte ihn.

»So, Kinder. Ihr seid schön brav und folgt der Anna. Ich komme bald wieder und dann erzähl ich euch alles. Gute Nacht.«

Nun saß sie also hier, in diesem wunderschönen Theater, umgeben von lauter feinen, gebildeten Menschen. Die Müdigkeit war wie weggeblasen und sie musste sich beherrschen, nicht ganz aufrecht im Theatersessel zu sitzen. Natürlich bemerkte sie, dass Oskar sie immer wieder von der Seite ansah, einmal strich er ihr eine Haarsträhne aus dem erhitzten Gesicht.

In der Pause verließen die beiden den Theatersaal und gingen über eine verwinkelte Treppe nach oben, wo an kleinen Stehtischen Leute standen und sich angeregt über das Stück unterhielten. Oskar fragte, ob sie etwas trinken wolle, doch Marie lehnte ab. Sie stellten sich an eines der großen Fenster. Die Schuhe drückten inzwischen schmerzhaft und sie lehnte sich ein wenig an Oskar, der ganz vorsichtig einen Arm um ihre Schultern legte.

»Und? Gefällt es dir?«

»Ja. Sehr.« Marie drückte seine Hand. »Ich bin wirklich im Theater, ich kann's kaum glauben. Wenn das meine Oma wüsste.«

»Wieso deine Oma?«

»Ich hab meine Oma schon seit vielen Jahren nicht mehr gesehen. Ich weiß gar nicht, ob sie noch lebt. Aber wie ich damals vom Hof wegmusste, da hab ich ihr versprechen müssen, dass ich einmal ein Theater besuche. Und jetzt bin ich da.« Als Marie an ihre Großmutter dachte, traten ihr die Tränen in die Augen, sie blickte starr aus dem Fenster und betrachtete das Rathaus gegenüber, ohne es wirklich zu sehen. Sie hoffte, dass Oskar ihre Tränen nicht bemerkte. Er schien es zu spüren, sagte nichts und hielt sie noch ein wenig fester im Arm.

Sie wanderten auf dem breiten Gang hin und her, schauten sich die Gemälde berühmter Schauspieler an, die die Wände verzierten, und Marie versuchte, nicht an ihre schmerzenden Füße und die volle Blase zu denken, als ein Klingeln das Ende der Pause anzeigte.

»So, jetzt wird es dramatisch«, sagte Oskar und führte sie zielgerichtet über eine andere Stiege wieder nach unten zu ihren Plätzen.

ANNA HATTE DAS kleine Licht im Vorzimmer brennen lassen, ansonsten war es still und dunkel im Haus.

Mein Gott, wie war Marie froh, aus diesen Schuhen zu schlüpfen, ihre Fersen brannten, wahrscheinlich hatte sie auf beiden Seiten eine dicke Blase. Sie hängte den Mantel ordentlich auf und legte den Hut auf die Ablage, bevor sie in die Küche ging und ganz leise den Teekessel auf den Herd setzte. Ins Bett konnte sie jetzt noch nicht gehen, so aufgewühlt, wie sie war, war an Einschlafen sowieso nicht zu denken.

Sie hatte zum ersten Mal eine Verabredung gehabt! Abgesehen von den zwei Spaziergängen, die sie bisher mit Oskar im Türkenschanzpark unternommen hatte. Aber da war es schließlich Nachmittag gewesen und sie hatten gerade mal eine Stunde gedauert.

Sie goss Tee auf und schlich schnell aufs Klo. Wie sie das Problem mit dem Mieder lösen würde, wusste sie noch nicht, Hauptsache, sie war die Schuhe los und konnte sich erleichtern. Marie war nicht sicher, was aufregender war: dass sie abends ein echtes Rendezvous gehabt hatte oder dass sie im Theater gewesen war. Und zwar nicht in irgendeinem Bauerntheater, sondern im k. k. Hofburgtheater, wo die Karte fast so viel kostete, wie sie verdiente, und jedes Wort, das die Schauspieler auf der Bühne gesprochen hatten, aus der Feder ihres Dienstherrn stammte.

»Was sitzt du denn da im Dunkeln?«

Marie fuhr zusammen. Trotz ihrer Leibesfülle war die Köchin unbemerkt in die Küche getreten.

»Mein Gott, hast du mich erschreckt. Wieso schläfst du nicht? Geht's den Kindern gut?« Marie war aufgesprungen und wollte schon an Anna vorbei zur Tür hinaus.

»Bleib da, Herzchen, natürlich geht's den Kindern gut. Ich bin bloß neugierig. Wie war es denn?« Anna goss sich Tee ein und stellte einen Teller mit Keksen auf den Küchentisch, bevor sie sich mit einem zufriedenen Seufzer setzte.

»Hach, es war wunderschön!«

»Ja, und?«

»Was, und?«

»Ein bisschen mehr musst schon erzählen! Wie ist das Theater? Waren nur feine Leut' da? Was haben die Damen angehabt? Um was geht es in dem Stück? Hast du alles verstanden? Habt ihr euch geküsst?« Anna beugte sich erwartungsvoll vor und steckte sich einen Keks in den Mund.

»Was du alles wissen willst! Da sitzen wir ja die ganze Nacht. Du musst mir zuerst mal das Mieder ein wenig aufschnüren, ich krieg gar keine Luft.«

Sie saßen bis spätnachts in der Küche und Marie erzählte, beschrieb die Marmortreppe und die Gemälde an den Wänden, die mit rotem Samt bezogenen Sitzplätze und die große Bühne – »Weißt du, Anna, das ist nicht einfach nur so ein Podest, wie du es vom Kirtag kennst, das ist eine riesige Fläche, die geht so weit nach hinten, dass du gar nicht so weit schauen kannst«. Sie erzählte von den schicken Kleidern der Herrschaften und wie Oskar weltmännisch ihre Mäntel an der Garderobe abgegeben hatte und davon, dass sie sich gar nicht so unwohl gefühlt habe zwischen all den noblen Leuten. »Nur auf's Klo hab ich mich nicht getraut und die Schuhe haben schrecklich gedrückt.«

»Und das Stück? Wie hat's dir gefallen? Hast du alles verstanden? Und was soll das überhaupt heißen: *Das weite Land*?«

»Das heißt, dass die Seele ein weites Land ist. Das Stück ist – na, wie soll ich sagen? – irgendwie traurig.«

»Traurig? Wieso traurig?«

»Ja, weißt du, das sind lauter Menschen, die eigentlich alles haben, aber nicht zufrieden sind. Paare, die sich betrügen und zusammen in den schönsten Häusern wohnen und in den besten Hotels Urlaub machen, sich aber ständig belügen und betrügen. Dieser Friedrich Hofreiter, der hat ständig Gschichtln mit anderen Weibern und seine Frau weiß es sogar, aber der ist es irgendwie egal und sie hat auch einen Verehrer, der bringt sich sogar um. Also eigentlich ist alles schrecklich. Und dass sich das der Doktor ausgedacht hat – kaum zu glauben.«

»So viel hat der sich da gar nicht ausgedacht.«

»Wie meinst du das?«

»Der war nicht immer so brav. Der hat schon einige Herzen gebrochen, das sag ich dir, bevor ihn die gnädige Frau an die Leine gelegt hat.«

»Das kann ich mir gar nicht vorstellen.«

»Mir hat das Mädchen vom Salten erzählt, dass er sogar mal ein Kind gehabt hat mit einer anderen. Aber das hat er nie anerkannt und es ist gestorben. Die Frau auch, ein paar Jahre später. An einer Blinddarmentzündung, sagt man. Aber wahrscheinlich an gebrochenem Herzen.«

Marie wollte das alles gar nicht wissen. Sie verehrte den Herrn Doktor Schnitzler, sie fand ihn klug und gerecht, und wie er mit seinen Kindern umging, war einfach nur anbetungswürdig. Der Spaß, den er mit der kleinen Lili hatte! Selten ließ er eine Gelegenheit aus, sie auf den Arm zu nehmen, und hörte immer aufmerksam zu, wenn sie ihre drolligen Geschichten erzählte oder irgendwelche Lieder sang, die sie aufgeschnappt hatte. Mit Heini machte er regelmäßig Spaziergänge, unterhielt sich mit ihm wie mit einem Erwachsenen, über griechische Götter, Elektrizität, Astronomie und viele andere Themen.

Bei Marie zu Hause war es völlig anders gewesen. In letzter Zeit musste sie wieder oft an ihren Vater denken, an seine

Gleichgültigkeit den Mädchen gegenüber. Selten richtete er das Wort an sie, eigentlich nur, wenn er seine knappen Befehle austeilte. Wie sehr sie ihn gefürchtet hatte! Viele Male hatte er sie mit dem Handrücken ins Gesicht geschlagen, einfach so, im Vorübergehen, scheinbar ohne Grund. Heini und Lili hingegen traten ihrem Vater vollkommen unbefangen gegenüber, ganz ohne Furcht. Er interessierte sich für sie und ihre kleinen Sorgen, ja, Heini behandelte er sogar wie einen kleinen Erwachsenen, mit Respekt und Wertschätzung. Was Anna über das Liebesleben des Herrn Doktor erzählte, konnte sie sich gar nicht vorstellen. Wahrscheinlich war das nur dummer Dienstbotentratsch. Eines wusste sie jedenfalls mit Sicherheit: Sie würde auch Kinder haben, am besten zwei, so wie die Familie Schnitzler, einen Buben und ein Mädchen. Nicht so einen Haufen Kinder, wie sie zu Hause gewesen waren, sodass die Eltern sogar ihre Namen verwechselten. Zu ihren Kindern würde sie liebevoll und aufmerksam sein.

DIE KINDER WAREN ganz aufgeregt, denn die Eltern hatten per Telegramm angekündigt, am Abend aus Salzburg zurückzukehren.

Abfahrt am Nachmittag Stop
Kommen an, wenn Ihr schon schlaft Stop
Sehen uns morgen früh Stop
1000 Küsse
Mutter und Vater

Marie hatte große Mühe, Heini und Lili ins Bett zu bringen, sie wollten um jeden Preis auf die Ankunft der Eltern warten.

»Ich bin noch gar nicht müde«, sagte Heini, als Marie ihn mehrmals aufforderte, den Schlafanzug anzuziehen. »Und ich muss mein Klavierstück noch mal üben, die Mama hat doch morgen Geburtstag.«

»Du kannst es schon ganz wunderbar, Heini. Und jetzt musst du ins Bett, morgen ist Schule.« Marie versuchte, eine gewisse Strenge in ihre Stimme zu legen. Sie tat sich immer so schwer damit, den Kindern etwas abzuschlagen. Lili wollte sich partout keine neue Windel anziehen lassen, lachend hüpfte sie auf dem Kanapee im Kinderzimmer auf und ab, und als das Kindermädchen sie auffing und festhielt, fing die Kleine laut an zu kreischen.

Endlich – eine halbe Stunde nach der üblichen Bettgehzeit – hatte Marie Lili ins Gitterbettchen verfrachtet. Sie musste die Lieblingsschlaflieder mehrmals singen. Als Lili endlich eingeschlafen war, räumte sie ein wenig auf. Sie hatte Heini erlaubt, noch zu lesen, doch der legte immer wieder sein Buch zur Seite, setzte sich auf und sah Marie zu.

»Was ist mit dir, mein Bub?« Marie setzte sich zu ihm auf die Bettkante und strich ihm durchs Haar. »Ist dein Buch nicht spannend?«

»Doch, schon.« Er legte seine Hand in ihre und drückte sie fest. »Erzähl noch mal. Wie war das im Theater?«

»Ach, Heini. Das hab ich jetzt schon so oft erzählt.«

»Einmal noch. Bitte. Danach schlaf ich auch wirklich gleich.«

»Versprochen?«

»Versprochen.«

Und dann erzählte Marie noch einmal, wie sie mit Oskar das Theater betreten hatte, wie ihre Schuhe gedrückt hatten und sie die Karten mit feuchten Fingern dem Billeteur entgegengestreckt hatte. Als sie das Treppenhaus und den Zuschauerraum des k. k. Hoftheaters beschrieb, fiel Heini ihr ins Wort. »Nicht das. Ich weiß doch, wie es da ausschaut. Ich war doch schon ganz oft mit dem Vater da.«

»Ja, aber was willst du denn dann hören?«

»Na, über das Stück.«

»Das ist nichts für Kinder.«

»Warum nicht?«

»Das verstehst du noch nicht.«

»Ich versteh schon alles. Ich komm doch dieses Jahr aufs Gymnasium.«

»Ich weiß, mein Schatz. Du bist mein großer, gescheiter Bub. Aber über das Stück kann dir dein Vater mehr erzählen, der hat's schließlich geschrieben.«

»Und Oskar?«

»Was ist mit Oskar?«

»Hast du ihn recht gern?«

»Heini! Das ist indiskret. So eine Frage stellt ein feiner Herr nicht.« Marie strich ihm den Scheitel glatt und drückte ihm einen Kuss auf die Stirn. »So, jetzt wird geschlafen. Morgen musst du ausgeruht sein, damit die Mama einen schönen Geburtstag hat.«

»Aber wirst du den Oskar heiraten und dann auch weggehen, wie die Hedi?« Marie war schon fast bei der Tür und Heini hatte die Frage ganz leise gestellt.

Marie kehrte an sein Bett zurück. »Daran denkst du, du Dummerchen? Nein, Heini, da brauchst du keine Angst haben. Ich kenn den Oskar gar nicht richtig, er ist mehr – na, wie ein Freund halt, weißt du? Und ich wohne sehr gern bei euch. Wer sollte denn aufpassen, dass du deine Zähne ordentlich putzt und dass die Lili nicht immer aussieht wie der ärgste Dreckspatz? Du musst keine Angst haben, dass ich weggehe.« Marie steckte seine Decke fest und drehte die kleine Nachttischlampe aus. »So. Und jetzt wird geschlafen, junger Mann. Sonst bist wieder grantig morgen früh.«

Anscheinend war es ihr gelungen, Heini zu beruhigen. Er kuschelte sich zufrieden in sein Kissen. »Gute Nacht, Fräulein Marie«, kicherte er.

»Gute Nacht, gnädiger Herr.«

FRIEDRICH STOCK SASS seit einer Woche fast gänzlich im Hinterzimmer der Buchhandlung und arbeitete mit einem Verlagsvertreter nach dem anderen die Kataloge der Neuerscheinungen durch. Oskar hielt im Laden die Stellung und hatte wenig zu tun. Bei der Inventur war alles geputzt und geschlichtet worden, die neuen Bücher waren noch nicht erschienen und nach dem Ansturm des Weihnachtsgeschäftes war es recht ruhig in dem kleinen Buchgeschäft auf der Währinger Straße.

»Schau mal, ein neuer Thomas Mann erscheint. Und da, das ist hübsch, oder?« Oskar stand in der Tür zum Büro, so konnte er die Ladentür im Auge behalten und gleichzeitig einen Blick in die Kataloge werfen. Wie jedes Jahr freute er sich auf die neuen Bücher, auf frische Ware, obwohl er von den bereits erschienenen noch längst nicht alle, die er sich vorgenommen hatte, gelesen hatte.

Stock präsentierte ihm eine bunte Doppelseite und las laut vor:

»*Sie soll den Namen ›Insel-Bücherei‹ führen und freundlich ausgestattete Bändchen umfassen, die jedes 50 Pfennig kosten. Sie soll kleinere Werke – Novellen, Gedichtgruppen, Essays – enthalten, die zu Unrecht in Vergessenheit geraten sind oder denen wir eine besondere aktuelle Wirkung zu geben beabsichtigen, und gelegentlich auch illustrierte Bücher.* Schön, oder? Ich glaube, das wird unseren Kunden gefallen. Sie starten mit Rilke, *Die Weise von Liebe und Tod des Cornets Christoph Rilke*. Dann kommt Cervantes, *Geschichte des Zigeunermädchens*.«

Das waren die Momente, die sie beide liebten: über die Kataloge der Neuerscheinungen gebeugt, auf Entdeckungstour, sich dabei vorstellend, wie die Kunden auf die neuen Bücher reagieren würden. Die Begeisterung für schön gestaltete Bände oder das neue Buch eines Lieblingsautors konnten die beiden über die viele Arbeit und den kargen Lohn hinwegtrösten.

Als der Vertreter weg war, ging Friedrich Stock in seine Wohnung gegenüber, um einen Mittagsschlaf zu halten. »Ich fühle mich irgendwie nicht wohl, meine Erkältung geht nicht richtig weg.«

»Bleiben Sie doch zu Hause, ich komme schon allein zurecht. Die paar Kunden, die heute noch kommen, können Sie mir ruhig anvertrauen«, sagte Oskar zu seinem Chef. Friedrich Stock nahm das Angebot dankend an. »Na gut, wenn du meinst. Ach, übrigens, ich hab ganz vergessen zu erwähnen, dass wir am Freitag zum Souper eingeladen sind.«

»Wer? Wir?«

»Ja, wir beide. Beim Ehepaar Gold. Du weißt schon, die große Buchhandlung am Kohlmarkt. Ich treffe mich öfter mit ihm. Du kennst ihn doch?«

»Ja, aber warum sind wir beide eingeladen?«

»Ich weiß es auch nicht genau. Er hat extra gefragt, ob du mitkommst.«

»Sehr interessant. Na gut, warum nicht?«

»Ja, er soll eine sensationelle Köchin haben.«

»Na, dann freu ich mich.«

Der Nachmittag verlief ereignislos und Oskar sah oft auf die Uhr, die über der Tür hing. Er mochte es nicht, wenn so wenig los war, hatte lieber Trubel im Laden, so viel zu tun, dass die Zeit verflog. Es fiel ihm partout nichts mehr ein, was er noch aufräumen oder sortieren könnte, also blätterte er vorsichtig in ein paar Büchern und die wenigen Kunden, die sich ins Geschäft verirrten, kamen in den Genuss von ausführlicher Beratung.

Um kurz nach sechs schob er die zwei Holzkisten mit den Abverkaufsbüchern in das Geschäft und kurbelte die Markise rein. Dabei musste er immer an Marie denken … Wäre die Markise nicht gewesen, hätten sie sich wohl nie kennengelernt. Mein Gott, wie hatte es geschneit, kurz vor Weihnachten, als schon niemand mehr gedacht hatte, dass es in diesem Jahr überhaupt noch irgendwann Schnee geben würde. Und dann kam er plötzlich, über Nacht, und in ein paar Stunden war die Stadt unter einer dicken, weißen Decke begraben. Es schien so, als würde es nie wieder aufhören. Plötzlich war da diese junge Frau mit dem kleinen Mädchen an der Hand in der Tür gestanden. Die beiden sahen aus wie Schneemänner, weil eine ganze Ladung Neuschnee von der Markise auf sie gestürzt war. Es wäre Oskars Aufgabe gewesen, regelmäßig den Schnee abzukehren, doch das Weihnachtsgeschäft war in vollem Gange und er hatte es schlicht und einfach vergessen. Wegen seiner Nachlässigkeit hatte das wunderschöne Mädchen, das er im ersten Moment mit der Schauspielerin Hedwig Kramer verwechselt hatte, die Lawine abbekommen. Natürlich hatte er seinen Irrtum rasch bemerkt – sie war nicht Hedwig Kramer –, seine Aufregung hatte das jedoch nicht gemindert. Denn die paar Minuten, die die junge Dame im Laden gewesen war, die paar Sätze, die sie gewechselt hatten, reichten aus, um in ihm ein ziemliches Durcheinander auszulösen.

Das Kind an ihrer Seite entpuppte sich als Lili Schnitzler und die wunderbare Marie als Kindermädchen im Haushalt des von ihm so verehrten Dichters. Woher hatte er nur den Mut genommen, ihr dieses kleine Gedichtbändchen zu schenken? Nun waren sie sogar zusammen im Theater gewesen und der Herr Doktor Schnitzler höchstpersönlich hatte ihnen die Karten geschenkt. Also gut, er hatte Marie die Karten geschenkt und sie hatte ihn mitgenommen. Wie sehr ihre Augen geglänzt hatten, als sie in den großen Zuschauerraum getreten waren. Ein paarmal war sie fast aufgesprungen, weil sie das Stück so mitgerissen hatte. Oskar stellte sich immer wieder ihr Gesicht vor: die roten Wangen, die Locken, die ständig aus der Haarspange sprangen, die glänzenden Augen. Mein Gott, er war bis über beide Ohren verliebt. Anders konnte man wohl nicht erklären, dass Marie sein erster Gedanke beim Aufwachen und sein letzter beim Einschlafen war.

Bevor sie in den Hausflur der Golds traten, zupfte Friedrich Stock Oskars Hemdkragen zurecht und klopfte ihm aufmunternd auf die Schulter. »So, mein Sohn, dann mach mir mal keine Schande.« Oskar zuckte immer ein wenig zusammen, wenn der Buchhändler ihn mit »mein Sohn« anredete – einerseits fühlte er einen gewissen Stolz, andererseits machte es ihn traurig, denn es erinnerte ihn an seine Eltern, die bei einem Brand ums Leben gekommen waren, als er ein kleiner Bub gewesen war. Mit jedem Jahr verblasste die Erinnerung an sie ein wenig mehr, manchmal sah er ihre Gesichter nicht mehr vor sich, konnte sich nur noch an die Stimme der Mutter erinnern und an den Geruch des Leims in der Buchbinderwerkstatt, in der er so viele Stunden seiner Kindheit verbracht hatte.

»Träumst du?« Stock war ins Stiegenhaus getreten und hielt Oskar die Tür auf. »Hast du die Blumen? Komm, wickle sie aus.«

Die Golds waren warmherzige, kluge Menschen. Friederike Gold freute sich über den Strauß Tulpen, den Oskar ihr überreichte, und der Herr des Hauses nahm die Flasche Wein, die Stock mitgebracht hatte, mit einer hochgezogenen Augenbraue entgegen: »Aber Herr Kollege, das wäre doch nicht nötig gewesen, so ein edler Tropfen! Den trinken wir aber zusammen, das müssen Sie mir versprechen.«

Im Salon stand ein Dienstmädchen und reichte ihnen ein Glas Sekt, Oskar schielte auf den opulent gedeckten Tisch und wurde ein wenig nervös. Seine Tischmanieren ließen zu wünschen übrig, schließlich hatte er selten Gelegenheit, sie zu verfestigen. Meist aß er allein im Hinterzimmer der Buchhandlung oder in einfachen Gasthäusern, manchmal auch in der Küche seiner Vermieterin, aber schick war das nie. Auf der schneeweißen Tischdecke lag ziemlich viel Besteck, vor jedem Platz standen mehrere geschliffene Gläser. Nach einer kleinen Bibliotheksbegehung im Wohnzimmer nahmen sie Platz und jetzt erst fiel Oskar auf, dass der Tisch für fünf Personen gedeckt war. Und da kam sie auch schon rein, die Tochter des Hauses, entschuldigte sich fürs Zuspätkommen und stellte sich mit einem selbstbewussten Händedruck bei Friedrich Stock und Oskar vor.

»Guten Abend. Ich bin die Fanni. Fanni Gold.«

»Oskar Nowak, sehr erfreut«, antwortete Oskar steif.

Sie setzte sich neben Oskar, legte die Serviette auf ihren Schoss, trank einen kräftigen Schluck Wein und glitt mühelos in die Unterhaltung, die die kleine Runde begonnen hatte. Ums vergangene Weihnachtsgeschäft ging es, um das ewige Thema, dass Bücher viel zu billig seien, um die Ausstattung, die immer schlechter wurde, und darum, dass der neue Roman von Keyserling leider nicht so gut war wie sein letzter.

Oskar trank ein bisschen zu viel vom guten Wein, er spürte, wie ihm die Hitze in die Wangen stieg. Und er musste es sich eingestehen: Er war sehr beeindruckt von der jungen Frau. Fanni Gold war quasi in der Buchhandlung ihrer Eltern aufgewachsen, hatte eine gute Schulbildung genossen und von Kindesbeinen an im Laden mitgeholfen. Die Buchhandlung der Golds war nicht so ein kleiner Vorstadtladen wie der von Friedrich Stock. Bei den Golds kauften Adelige und Politiker ihre Bücher und so hatte Fanni schon als Kind bei so manch berühmtem

Schriftsteller auf dem Schoß gesessen. Sie plauderten angeregt, erzählten sich Anekdoten und Oskar erwähnte schließlich seine Theaterleidenschaft. »Fünf Mal hab ich *Das weite Land* schon gesehen«, sagte er und natürlich wollte er sich ein wenig wichtig machen, als er erzählte, dass er das Stück das letzte Mal auf Einladung des großen Arthur Schnitzler auf den besten Plätzen gesehen habe. Er erzählte aber nicht, wie er zu der Karte gekommen war, und als Fanni ihn fragte, ob er schon mal beim großen Dichter zu Hause gewesen sei, meinte er knapp: »Nur ganz kurz. Ich hab ihm ein Buch geliefert.«

»Aber warum hat er Ihnen denn die Theaterkarten geschenkt? Das ist ja sehr großzügig vom Schnitzler.«

Bevor Oskar antworten konnte, trug das Dienstmädchen die Nachspeise auf, eine große Malakoff-Torte, und Frau Gold hob ihr Glas. »Wir trinken auf unsere großartige Tochter! Fanni hatte gestern ihren zweiundzwanzigsten Geburtstag, da feiern wir noch ein bisschen nach, oder?«

Der Abend dauerte lange, sie saßen noch bis fast Mitternacht im Salon, zogen immer wieder einzelne Bücher aus den Regalen, tranken Cognac und rauchten. Auch Fanni war die ganze Zeit dabei, sie dachte gar nicht daran, den Abend den Männern zu überlassen. Selbst als ihre Mutter sich zurückzog, blieb die Tochter bei ihnen, trank ebenfalls Cognac und rauchte einen Zigarillo. Oskar war noch nie einer Frau wie ihr begegnet.

Jakob Gold und Fanni brachten die beiden noch zur Tür, sie verabschiedeten sich und versicherten sich, den Abend bald zu wiederholen. Fanni drückte Oskars Hand, hielt sie einen Augenblick lang fest und blickte ihm in die Augen. »Vielleicht gehen wir mal zusammen ins Theater? Sie scheinen ja eine Quelle für gute Karten zu haben.«

Oskar stammelte ein verlegenes »Ja, warum nicht?« und begleitete Friedrich Stock noch zur Droschke.

»Ein fesches Mädel, oder? Und so gescheit.« Stock blickte ihn von der Seite her an.

»Ja, das stimmt. Eine echte Persönlichkeit.«

»Sie wird die Buchhandlung des Vaters eines Tages übernehmen, leider haben die Golds keinen Sohn.«

»Sie ist sicher jetzt schon eine gute Buchhändlerin.«

»Ja, aber so ohne Mann an ihrer Seite wird das schwierig.«

Oskar blieb mitten auf der Straße stehen. »War das der Plan des heutigen Abends?«

»Ich weiß gar nicht, was du meinst.«

»Suchen die Golds einen Mann für Fanni? So ein famoses Mädel hat doch sicher zig Verehrer.«

»Vermutlich, aber ich glaube, sie hätten gerne einen Buchhändler als Schwiegersohn.«

Oskar schwieg, ihm wirbelten die Gedanken durch den Kopf.

»Ja, aber … ich …«

»Jetzt mal langsam, Bub. Sie hat dir ja keinen Antrag gemacht. Und selbst wenn, du musst ja nicht gleich Ja sagen. Jetzt gehen wir schlafen und dann schauen wir mal.« Damit stieg er in die Droschke und ließ den verwirrten Oskar in der nächtlichen Innenstadt zurück.

Oskar war froh, alleine durch die dunklen Gassen zu gehen. Auf der Brücke über den Donaukanal blieb er stehen und sah lange aufs schwarze Wasser.

ANNA HATTE SCHON die Milch für Lili in der Flasche bereitgestellt und für Heini ein Butterbrot geschmiert, als Marie mit den Kindern in die Küche kam. Draußen dämmerte es trotz der frühen Stunde, man konnte ahnen, dass irgendwann der Frühling kommen würde.

»Sag mal, hast du die Sophie gesehen?«

»Nein, ist sie noch nicht aufgestanden?«

Die Köchin schüttelte den Kopf und verdrehte die Augen. »Ich sag's dir, dieses Mädel ist wirklich schwierig. Die hat echt Glück, dass die Herrschaften gar nicht mitbekommen, wie unzuverlässig sie ist. Schaust du mal nach ihr?«

Marie hatte kein gutes Verhältnis zu dem jungen Dienstmädchen, das die Schnitzlers drei Monate vor ihr eingestellt hatten. Sophie war ihr von Anfang an mit Ablehnung entgegengetreten. Sie hatte sich wohl selbst Chancen für den Posten des Kindermädchens ausgerechnet und fühlte sich von den Herrschaften übergangen. Nun hatte Marie die Stelle, die ihrer Meinung nach eigentlich ihr zustand. Während sie ständig aufräumen, putzen und servieren musste, machte sich Marie ein schönes Leben mit den Kindern.

Marie klopfte an die kleine Holztür und es dauerte lange, bis eine dünne Stimme nach außen drang. »Ja?«

»Hallo, Sophie? Ich bin's. Hast du verschlafen? Es ist schon fast halb acht.«

»Ja, ich steh gleich auf. Mir geht's nicht gut.«

»Darf ich reinkommen?«

»Ja.«

In der kleinen Kammer roch es trotz der Kälte nach abgestandener Luft, und als Marie an Sophies Bett trat, sah sie die Emaille-Schüssel mit Erbrochenem neben dem Nachttisch stehen.

»Mein Gott, Sophie! Hast du schon wieder Darmgrippe?«

Kurz vor Weihnachten war das Dienstmädchen schon einmal mehrere Tage ausgefallen und Marie hatte die Serviertätigkeit für ein großes Abendessen übernehmen müssen. Sie hatte den Abend noch gut in Erinnerung – ihre anfängliche Nervosität, die Angst, unter den strengen Augen der gnädigen Frau die Suppenschüssel fallen zu lassen oder den Wein zu verschütten, aber alles war gut gegangen. Marie hatte es letztendlich genossen, die feinen Herrschaften beim Soupieren zu beobachten, den Gesprächen zu lauschen und die schicken Kleider der Damen zu bewundern.

»Nein, es geht gleich wieder. Mir war nur gerade so schlecht.« Sophie sah käsig aus, ihre Haare waren ganz verschwitzt, die Augen rot geweint.

»Kann ich dir was helfen? Soll ich dir einen Tee bringen?«

»Ja, ein Tee wär gut. Aber ... Marie?«

»Ja?«

»Die Herrschaften dürfen nichts merken.«

»Nein, eh nicht. Die sind noch gar nicht munter.«

»Aber die Anna darf das auch nicht wissen.«

»Das geht leider nicht. Die Anna hat mich geschickt.«

»Ja, aber ....« Sophie begann plötzlich hemmungslos zu weinen, und als Marie näher zum Bett trat, um sie zu trösten, zog sich das Mädchen die Decke über den Kopf.

In der Küche stellte Marie den Wasserkessel auf den Herd und löffelte aus einer Dose Kamillenblüten in eine große Tasse. Lili klopfte mit einem Löffel rhythmisch auf den Küchentisch und Heini versuchte Trompetengeräusche dazu zu machen. Beide waren ausgelassen und bester Laune, und als Marie sie ermahnte, leiser zu sein, kicherten sie nur.

»Und? Was ist mit dem Mädchen?« Anna kam aus der Speisekammer.

»Ihr ist schlecht. Sie hat erbrochen. Ich koch ihr einen Tee.«

»Oje. Schon wieder?«

»Ja, das hab ich auch gesagt. Sie hat gesagt, es geht gleich wieder, aber dann hat sie zu weinen begonnen und sich die Bettdecke über den Kopf gezogen.«

»Das bedeutet nichts Gutes. Gieß den Tee auf, den bring ich ihr. Und Heini – hopphopp, du musst los, die Schule fängt in einer Viertelstunde an.«

Anna war lange in Sophies Zimmer. Marie hatte Heini inzwischen geholfen, die Fäustlinge und den Schal zu suchen, und ihm zum Abschied – wie jeden Morgen – nachgewunken. Dann hatte sie Lili umgezogen. Sie saß mit der Kleinen im Kinderzimmer und las ihr ein Bilderbuch vor, als Anna hereinkam und sich schwer seufzend aufs Bett fallen ließ.

»Oje oje oje.«

»So schlimm? Ist sie schwer krank?«

»Viel schlimmer. In anderen Umständen ist sie.« Die immer fröhliche Anna sah ganz geknickt aus.

»Nein. Wirklich? Warum denn?«

»Na, du stellst Fragen, Mädel. Warum ist man denn in anderen Umständen?«

Marie holte noch ein paar Bücher aus dem Regal und legte sie neben das kleine Mädchen auf den Teppich. »Du schaust jetzt noch kurz alleine ein paar Bücher an, ja? Marie und Anna müssen noch mal ganz schnell in die Küche. Sei brav, wir kommen gleich wieder. Und dann gehen wir spazieren.«

Anna schloss leise die Küchentür und setzte sich an den äußeren Rand des Küchenstuhles. So durcheinander und verzagt hatte Marie die dicke Köchin noch nie gesehen.

»Jesus, Maria und Josef! Das dumme Ding.«

»Was sollen wir tun?«

31

»Nichts können wir tun. Gar nichts. Sie muss es den Herrschaften sagen und dann kann sie nur beten, dass ihre Eltern sie wieder aufnehmen. Und der Mistkerl, der sie geschwängert hat, ist natürlich längst über alle Berge. Allesamt Falotten, alle miteinander.«

Als die Küchentür aufging, zuckten beide zusammen, sie hatten nicht gehört, dass der Herr Doktor die Stiegen hinuntergekommen war.

»Anna? Was ist denn hier los? Wird denn heute kein Frühstück serviert? Und was machen Sie hier, Marie? Wo sind die Kinder?«

Beide Frauen waren aufgesprungen, Anna machte sich hektisch daran, Kaffee aufzubrühen, und Marie schlüpfte am Herrn Doktor vorbei und sagte leise: »Der Heini ist doch schon in der Schule und die Lili ist oben im Kinderzimmer. Sie sieht Bücher an, ich geh schon und schau nach ihr.«

»Wo ist das Mädchen?«

»Sophie? Die ist leider unpässlich, ist aber nichts Schlimmes. Die kommt gleich. Ich mach Ihnen inzwischen das Frühstück. Kommt die gnädige Frau auch?« Anna stellte Brot, Butter, Marmelade und zwei Tassen auf ein Tablett und trug alles ins Esszimmer.

»Schon wieder? Die war doch gerade erst krank. Die ist aber nicht sehr robust, oder? Brauchen wir einen Arzt?«

»Nein, nein, Herr Doktor. Der geht's gleich wieder besser.«

»Na, dann hoffen wir, dass es nichts Schlimmes ist. Sonst holen wir den Doktor Pollak.«

Marie schlich hinauf ins Kinderzimmer, wo Lili zum Glück immer noch ganz vertieft über ihren Bilderbüchern saß.

»Komm, mein Schatz. Wir ziehen uns an und gehen spazieren. Wo magst du denn heute hingehen?«

»Park. Und zum Eislaufen.«

Lili liebte den Eislaufplatz, sie konnte ewig zusehen, wie die

Eisläufer ihre Runden drehten, und konnte es gar nicht erwarten, bis sie groß genug war, um es selbst zu versuchen.

»Aber der Eislaufplatz hat jetzt doch noch gar nicht offen. Wir gehen in den Park.«

So richtig bei der Sache war Marie heute nicht. Ständig dachte sie an die arme Sophie und daran, was sie in so einer Situation machen würde. Zurück in ihr Elternhaus könnte sie nicht, der Vater würde sie ziemlich sicher, sogar hochschwanger, vom Hof jagen. Die reichen Damen, die in so eine unschickliche Situation gerieten, wurden in Pensionate aufs Land geschickt, und wenn sie Glück hatten, bezahlten die Männer den Aufenthalt und den Unterhalt für das Kind. Selbst der Herr Doktor Schnitzler hatte es so gehandhabt, als Olga mit Heini guter Hoffnung gewesen war und er sich nicht zu einer Heirat hatte durchringen können, das hatte ihr Anna unlängst leise in der Küche erzählt. Aber wenn der Mann nicht dazu stand? Und die Frau selbst mittellos war? Sie hatte natürlich von den Engelmacherinnen gehört, von irgendwelchen Hebammen, die genau wüssten, wie man die ungewollten Kinder wieder wegbekam. Doch das war sehr gefährlich und immer wieder starben die Frauen an Blutungen oder Entzündungen. Auch wenn Sophie oft gemein zu ihr gewesen war, tat sie Marie jetzt so leid, dass sie ganz verzweifelt war. Was sie durchmachte, hatte niemand verdient. Und eines schwor sie sich: So etwas würde ihr nicht passieren, da konnte ihr ein Mann noch so schöne Augen machen, sie war schließlich nicht dumm.

»Marie, Marie!« Das Kindermädchen war so in Gedanken versunken, dass es gar nicht bemerkt hatte, wie Lili den großen Hügel runtergelaufen war. Sie war wohl gestolpert, hingefallen und in einer großen Pfütze gelandet. Der Schnee war geschmolzen und hatte die Wiesen des Parks in eine große Sumpfland-schaft verwandelt. Und in einer dieser Schlammlachen saß nun Lili und schrie aus vollem Halse.

»Mein Engelchen! Was machst du denn? Hast du dir wehgetan?«

Marie rannte den Hügel hinunter und zog das Kind aus dem Dreck.

»Aua, aua! Fuß tut weh!«

»Mein Liebes, komm her, das wird schon wieder. *Heile, heile Gänschen, s'ist bald wieder gut, heile, heile Gänschen*«, sang sie und wiegte Lili im Arm. Die hatte sich schnell wieder beruhigt, weigerte sich aber standhaft, die paar Meter zum Haus zu Fuß zu gehen. »Lili Fuß kaputt. Aua«, erklärte sie. Marie hatte Angst, dass sie sich wirklich wehgetan hatte, und trug sie schnell zum Haus. Es war ganz still. Anna war wohl beim Einkaufen, die gnädige Frau hatte Gesangsstunde und der Doktor saß mit Fräulein Pollak im Arbeitszimmer und diktierte. Im Vorzimmer zog sie dem Kind Schuhe und Mäntelchen aus. Auf dem schönen roten Wollstoff war ein riesiger brauner Fleck und Marie wollte gar nicht daran denken, was sie für ein Donnerwetter erleben würde, wenn die gnädige Frau die Bescherung sah. Lili jammerte immer noch. Marie brachte sie ins Badezimmer, stellte sie auf einen kleinen Schemel, zog ihr die Strümpfe aus und betastete den Knöchel. Das Kind verzog das Gesicht, doch das Weinen wurde leiser.

»Ja, wen haben wir denn da, wer macht denn so einen Radau?«

Doktor Schnitzler war ins Badezimmer getreten und sah die beiden verwundert an. Marie hatte noch Mantel und Hut an, das kleine Mädchen dagegen war in Unterwäsche.

»Wir hatten einen kleinen Unfall im Park. Entschuldigen Sie bitte die Störung, Herr Doktor.«

»Und warum weint das kleine Fräulein so?«

»Ich glaube, sie hat sich den Knöchel verstaucht.«

»Na, lass sehen, das haben wir gleich.«

In dem Augenblick, in dem Lili ihren Vater sah, hörte sie auf zu weinen und ein breites Lachen huschte über ihr Gesicht. »Papa! Lili hat Aua.«

»Na, das sieht nicht so schlimm aus. Kommst du mal mit ins Arbeitszimmer? Das Fräulein Pollak freut sich, wenn du sie besuchst, und ich hab sicher auch noch ein Zuckerl in der Schreibtischlade.«

In Windeseile kletterte das Kind vom Schemel und hüpfte vergnügt hinter dem Vater her. Der drehte sich um und lächelte Marie zu: »Das Hospital können wir uns dieses Mal sparen.«

OSKAR HATTE MARIE schon seit zwei Wochen nicht mehr gesehen. Ein paarmal war er nach Dienstschluss an der Schnitzler-Villa vorbeigegangen, war ein Stück die Straße raufgeschlendert, um bei der Nervenklinik wieder umzukehren. Er sah in der Küche Licht brennen, einmal glaubte er, Maries Schatten im Fenster zu erkennen, aber natürlich traute er sich nicht zu läuten. Was hätte er sagen sollen, wenn die Herrschaften an der Tür gewesen wären?

Eines Tages lächelte ihm Friedrich Stock zu und sagte: »Der Doktor Schnitzler hat einen ganzen Stapel Bücher bestellt. Magst du's liefern?«

»Ja, natürlich, gerne! Ist schon alles da?«

»Heute Nachmittag kommt noch ein Band. Du kannst am Abend vorbeigehen.«

Oskar war den ganzen Tag über aufgeregt, er konnte sich kaum auf seine Arbeit konzentrieren und immer wieder verlegte er ein Buch, das er danach lange suchen musste. In seiner kurzen Pause schrieb er einen kleinen Brief für Marie, den wollte er in der Sternwartestraße hinterlassen, wenn er das Kindermädchen nicht sehen würde.

Um kurz nach sechs klingelte er und das Dienstmädchen öffnete ihm die Tür. Sie schlug die Augen nieder, bat ihn leise ins Haus, und als er im Vorzimmer stand, flüsterte sie ihm zu: »Die Marie ist mit den Kindern oben.« Oskar war erstaunt. Marie hatte ihm erzählt, dass das Mädchen nicht gut auf sie zu sprechen sei, und nun plötzlich diese Vertrautheit?

»Danke. Würden Sie ihr das geben?« Er zog den kleinen Um-

36

schlag aus der Manteltasche, Sophie steckte ihn schnell unter die Schürze und machte einen kleinen Knicks. »Ich melde Sie beim Herrn Doktor. Die Herrschaften wollten gerade speisen, aber er freut sich sicher, dass Sie ihm seine Bücher bringen.«

»Ah, der Buchhändler. Wollen Sie kurz reinkommen?« Arthur Schnitzler nahm ihm das Paket ab.

»Ich will nicht stören. Das Mädchen hat gesagt, dass Sie gerade dinieren wollten.«

»Sie stören uns nicht. Wollen Sie uns Gesellschaft leisten? Meine Gattin würde sich freuen.«

»Ich weiß nicht, ich möchte mich nicht aufdrängen.«

»Das tun Sie keineswegs, kommen Sie herein. Wir haben mehr als genug. Ich glaube, es gibt Rindsrouladen.«

Olga Schnitzler war etwas überrascht, als Oskar das Esszimmer betrat, aber sie begrüßte ihn freundlich und wies Sophie an, noch ein Gedeck zu bringen.

»Sehr wohl, gnädige Frau.«

»Und sagen Sie Heini, er soll bitte zu Tisch kommen.«

»Ja, gnädige Frau.«

Ein paar Minuten später betrat Heini das Esszimmer und freute sich sichtlich, den Buchhändler zu sehen. Marie blieb unsicher in der Tür stehen und Oskar fing ihren Blick auf. Sie nickte ihm kurz zu, lächelte und war auch schon wieder verschwunden.

Die Rouladen waren köstlich, die Unterhaltung war lebendig und Oskar fasziniert von dem aufgeweckten Neunjährigen, der sich mühelos an den Gesprächen der Erwachsenen beteiligte.

Sie redeten über die verschiedenen Besetzungen des *Weiten Landes:* »Also, ich fand die Bleibtreu mit Abstand die beste Besetzung«, meinte Schnitzler. Oskar pflichtete ihm bei und lobte das Stück in den höchsten Tönen.

»Wenn man fragen darf, Herr Doktor: An was schreiben Sie gerade?«

»Schwieriges Thema, junger Mann. Sehr schwieriges Thema. Über einen jüdischen Arzt in einer Krankenanstalt, der über seine eigenen moralischen Grundsätze stolpert. Also nicht nur, aber auch. Und wenn das so wird, wie ich es im Kopf hab, dann geht's wohl nicht durch die Zensur.«

»Du hast es in der Hand, Arthur«, meinte Olga. »Das Stück ist so brisant, wie du möchtest, dass es ist.«

»Ich weiß, Olga. Ich weiß. Manche Dinge müssen halt erzählt werden.«

Nach dem Essen verabschiedete sich Heini artig. Oskar hoffte, Marie noch einmal zu sehen, doch der Bub verschwand allein nach oben.

Oskar stand auf. »Ich bedanke mich vielmals für die großzügige Einladung. Ich fühle mich sehr geehrt, Gast in Ihrem Hause zu sein.«

Er küsste Olga Schnitzler die Hand, und als Arthur Schnitzler ihn zur Tür brachte, stand da schon das Mädchen und reichte ihm seinen Mantel. Es blinzelte ihm verschwörerisch zu.

Er war schon fast bei der Straßenbahnstation, als er das Papier in der Manteltasche fühlte. Ein Brief! Von Marie. Oskar stellte sich unter eine Straßenlaterne und öffnete den Umschlag mit zitternden Händen.

Mein lieber Oskar,
wie sehr hab ich mich heute über deine Zeilen gefreut.
Ja, auch ich würde dich gerne wiedersehen, vielleicht
könnten wir an meinem nächsten freien Tag einen
Ausflug machen? Wir könnten spazieren gehen oder
vielleicht sogar in ein Museum. Was hältst du da-
von, wenn wir uns am nächsten Samstag um zehn
an der Tramwayhaltestelle treffen?
Es grüßt dich recht herzlich
Marie

OBWOHL ES IHR freier Tag war, stand Marie mit den Kindern auf und bereitete das Frühstück. Die Schnitzlers wollten den Tag beim Bruder des Doktors verbringen und die gnädige Frau hatte Marie gefragt, ob sie helfen würde, die Kinder am Morgen fertig zu machen. Natürlich hatte sie nicht Nein gesagt. Sie war bei Lilis erstem Rufen an ihr Bett geeilt und hatte versucht, sie ruhig zu halten, damit Heini und die Eltern nicht aufwachten. Dann hatte sie den Kindern das Frühstück gemacht. Um Viertel nach zehn waren sie endlich aufgebrochen. Marie schlüpfte in Windeseile in Schuhe und Mantel und lief zur Tramwaystation. Als sie dort ankam, saß Oskar ganz verloren auf der Bank, den Mantelkragen hochgeschlagen, die Mütze tief ins Gesicht gezogen. »Ich habe schon gedacht, du kommst nicht mehr«, sagte er und sprang auf.

»Natürlich komme ich. Die Herrschaften haben so getrödelt, ich konnt nicht früher weg.«

»Aber du hast doch heute frei?«

»Ja, ab jetzt.« Marie lachte. »Du brauchst dich nicht um meine Rechte kümmern, die Schnitzlers sind das Beste, was mir je passieren konnte.«

Sie stiegen in die Straßenbahn, Oskar löste für beide einen Fahrschein und dann fuhren sie Richtung Innenstadt.

»Was machen wir?«

»Was möchtest du machen?«

»Na ja, zum Spazierengehen ist das Wetter zu grauslich.«

»Das ist mir noch gar nicht aufgefallen.« Oskar schaute aus dem Fenster, an den Scheiben rann der Regen hinunter.

»Träumst du?«

»Ja, von dir. Da merk ich doch nicht, wie das Wetter ist.«

Marie wurde ganz verlegen, jetzt war sie es, die aus dem Fenster starrte. Und als Oskar ihre Hand nahm, zuckte sie kurz zurück, nahm sie dann aber doch.

»Also gut. Museum.«

»Ja, gerne.«

»Und nachher noch Kaffeehaus?«

»So viel Geld hab ich nicht.«

»Sie sind heute mein Gast, gnädige Frau.«

Marie kicherte. »Da sagt die gnädige Frau nur: Buchhändler sind wohl Großverdiener.«

»Natürlich. Alle Buchhändler sind reich. Natur oder Kunst?«

»Was meinst du?«

»Willst du ins Naturhistorische oder ins Kunsthistorische Museum?«

»Ich weiß nicht. Vielleicht Kunst? Natur hatte ich genug als Kind.«

»Ich wusste gar nicht, dass du zwischen Elefanten und Giraffen aufgewachsen bist. Du musst mir mal mehr von deiner Heimat erzählen.«

Marie lachte, aber dann wurde sie ernst und sagte: »Ach, da gibt's nicht viel zu erzählen. Oberösterreich. Bauernhof. Dorf. Viele Geschwister, immer Hunger, immer Arbeit.«

»Und deine Eltern? Leben die noch da? Und die Oma, von der du erzählt hast?«

»Ja, wahrscheinlich schon. Also, die Oma eher nicht, die war ja schon alt, als ich weggegangen bin. Aber ich will nicht über damals reden. Ich bin froh, dass ich jetzt hier bin. Hier, in dieser schönen Stadt, bei dieser wunderbaren Familie.« Und leise fügte sie noch hinzu: »Mit dir.«

Oskar hielt ihre Hand ganz fest, als sie durch die große Eingangstür des Museums traten. Marie sah sich um. Schon wieder

40

so ein imposantes Gebäude, für sie war es unvorstellbar, wie man so ein Haus überhaupt bauen konnte. Und die Stadt war voll mit diesen Dingen – ganz normale Zinshäuser sahen hier manchmal aus wie Paläste.

Oskar zahlte den Eintrittspreis, sie gaben ihre Mäntel ab und stiegen die Treppe hoch. Doch bereits auf dem ersten Absatz blieb Marie stehen und betrachtete die riesige Skulptur aus weißem Marmor. »Theseus Kampf mit den Kentauren«, sagte Oskar. Marie schielte verstohlen auf den nackten Theseus und wurde ein wenig rot. Eigentlich war sie vom Eingangsbereich, dem Stiegenhaus und der riesigen Kuppel schon so beeindruckt, dass sie gar keine Kunstwerke mehr sehen musste. Immer wieder blieb sie stehen, legte den Kopf in den Nacken und starrte nach oben, fuhr mit den Fingern über den glatten, kühlen Marmor des Treppengeländers. Oskar lachte und zog sie weiter: »Komm endlich, wir haben ja noch kein einziges Bild gesehen.«
Und dann standen sie vor den Gemälden und Marie fühlte sich klein und unbedeutend angesichts dieser Bilder.
»Mein Lieblingsmaler ist Bruegel, schau dir das mal an!«
Marie betrachtete das Bild, das laut Oskar dreihundertfünfzig Jahre alt war, und war sprachlos. Am liebsten wollte sie ganz nah rangehen, um die spielenden Kinder aus nächster Nähe zu betrachten. Der streng aussehende Ordner in der Ecke des Saales hielt sie davon ab, aber sie rührte sich lange nicht vom Fleck und entdeckte immer wieder neue Kleinigkeiten. Oskar überredete sie schließlich, noch ein paar andere Bilder anzusehen, und so liefen sie noch lange durch die Säle. Längst hatte Marie aufgegeben, sich die Bilder einzuprägen oder sich die Namen der Maler zu merken. Sie schaute einfach nur, schaute und staunte angesichts dieser Fülle und Üppigkeit. Irgendwann wurde ihr klar, was sie in ihrem bisherigen Leben alles versäumt hatte. Keine Ahnung hatte sie gehabt, dass es so etwas Schönes gab.

Oskar freute sich sichtlich über Maries Begeisterung. Er drängte sie nicht, ließ ihr Zeit, sich in einzelne Gemälde zu vertiefen, und hin und wieder erzählte er ihr etwas über den Maler oder die Hintergründe des Bildes, das sie gerade betrachteten. Und dann, nach fast drei Stunden, merkte Marie schlagartig, wie erschöpft sie war. Die Füße taten ihr weh und sie hatte Hunger und Durst.

»Na? Reicht's?«, lachte Oskar sie an, als sie sich auf eine der samtbezogenen Bänke fallen ließ.

»Ja, ich bin recht müde. Aber ich hab so viel noch nicht gesehen! Es ist so groß!« Marie wollte schon wieder aufstehen.

»Das macht nichts. Man kann nicht alles auf einmal anschauen. Wir kommen einfach bald wieder. Und jetzt gehen wir noch ins Kaffeehaus, einen Apfelstrudel essen. Du hast sicher Hunger, nach all der Kunst?«

»Ja, sehr gerne. Apfelstrudel klingt gut. Ich kann dir auch mal einen Strudel machen. Topfen oder Apfel, nach dem Rezept meiner Oma.«

»Das würde mich freuen. Ich kann leider gar nicht kochen.«

»Ich schon, aber so raffinierte Sachen wie die Anna, das kann ich nicht. Bei uns gab's immer nur einfaches Essen: Kartoffeln, Gerstensuppe. Und wenn geschlachtet wurde, Blutwurst, Schweinehaxen, Ohren. Und diese Schweineschwänze, da hat's mir so gegraust, das will ich nie wieder essen.«

Der Oberkellner im Café Eiles grüßte Oskar wie einen alten Bekannten und Marie fühlte sich ein wenig wie eine Dame von Welt. Sie saßen an einem Marmortischchen, der Kellner brachte jedem von ihnen ein kleines Silbertablett mit einer Tasse Kaffee und einem Glas Wasser.

»Ich hab noch nie Schweinefleisch gegessen.«

»Entschuldige, das hab ich ganz vergessen.« Natürlich hatte Marie schon mal gehört, dass die jüdischen Speisegesetze Schweinefleisch nicht erlaubten. Wie dumm von ihr.

»Da musst du dich doch nicht entschuldigen, du hast ja nichts gemacht.«

»Bei den Schnitzlers gibt es auch kein Schweinefleisch. Obwohl sie gar nicht besonders religiös sind.«

»Das bin ich auch nicht. Aber ich kann mir trotzdem nicht vorstellen, Schweinefleisch zu essen. Glaubst du an Gott?«

»Ich glaube schon.« Marie musste selbst lachen, so unsicher klang ihr Satz. »Also, es gab schon Zeiten, da hab ich so meine Zweifel gehabt.«

»Das kann ich mir vorstellen. Hast's ja nicht leicht gehabt in deinem Leben.«

»Du ja auch nicht.«

Beide schwiegen einen Moment. Die plötzliche Nähe zwischen ihnen war verwirrenderweise angenehm und unangenehm zugleich. Oskar räusperte sich und sagte eine Nuance zu forsch: »Jetzt lass uns hier nicht in Selbstmitleid versinken. Ich sitze hier in dieser wundervollen Stadt, wir haben gerade die schönsten Bilder der Welt angesehen, der Strudel ist ganz passabel und ich hab die schönste Frau des ganzen Kaffeehauses neben mir.«

Marie spürte, wie ihre Wangen rot wurden.

Als sie auf die Josefstädter Straße traten, war es fast schon dunkel und Marie wickelte sich in ihren Schal; es hatte empfindlich abgekühlt.

»Wollen wir zu Fuß nach Hause gehen?« Oskar sah sie unternehmungslustig an. »Oder drücken deine Schuhe wieder?«

»Das hast du bemerkt?«

»Man hat aus zwei Kilometern Entfernung gesehen, wie du gelitten hast.«

»Aber wenn wir zu Fuß gehen, dann musst du ja wieder zurück. Du wohnst doch auf der anderen Seite des Kanals.«

»Das macht mir nichts aus. Außerdem hab ich kein Geld mehr für den Fahrschein. Und ich geh gern.«

»Das kommt davon, wenn du hier den Mann von Welt spielst und so eine verwöhnte Frau ausführst. Auf geht's. Meine Schuhe sind gut.«

Es war kalt und sie gingen schnell, hielten sich an den Händen und redeten ohne Pause. Marie verlor ihre Scheu immer mehr, sie erzählte von den Schnitzlers, aber auch von ihrem letzten Posten und sogar davon, wie sie als Bettgeherin in einem schrecklichen Loch gehaust und als Abwäscherin im Wirtshaus gearbeitet hatte.

»Das war schlimm. Ständig die Besoffenen mit ihren Witzen. Und wenn ich dann müde nach Hause kam – dieses dreckige Zimmer, das ich mir mit vier anderen geteilt habe, wo ich versucht hab zu schlafen. Mir hat's so gegraust vor dem Bett.«

Von ihrer Kindheit und der Flucht von dem fremden Hof, auf den ihr Vater sie als junges Mädchen gebracht hatte, wollte Marie nicht erzählen, sie hatte sich geschworen, sich von dieser Vergangenheit nie wieder einholen zu lassen. Jetzt war sie erwachsen, lebte in der Stadt, hatte eine respektable Arbeit und verdiente ihr eigenes Geld. An den Vater und seine Gemeinheiten wollte sie nicht mehr denken.

»Ach, wie schade, dass wir uns damals noch nicht gekannt haben. Ich hätte dich da rausgeholt.« Sie waren in einer dunklen, menschenleeren Gasse und Oskar war auf dem schmalen Trottoir stehen geblieben. Er drehte Marie an den Schultern zu sich. Dann nahm er ihr Gesicht in seine kalten Hände und küsste sie. Auf den Mund. Zuerst ganz zart, sie spürte es kaum, doch dann küsste sie zurück. Sie dachte gar nicht nach, es geschah wie von selbst, und als sie sich nach einem langen Moment wieder in die Augen sahen, hatte Marie das Gefühl, die Welt wäre stehen geblieben. Den Rest des Weges gingen sie schweigend. Marie war froh, dass Oskar anscheinend genauso überwältigt war wie sie und keine Lust mehr auf Plaudereien hatte.

In der Sternwartestraße wurden ihre Schritte immer langsamer, beide wollten nicht, dass der Abend zu Ende ging. Kurz vor dem Haus blieb Oskar noch einmal stehen und legte den Arm um Marie. »Jetzt sehen wir uns wieder so lange nicht. Das ist unerträglich.«

»Und du Armer musst jetzt so weit zurückgehen!«

»Du könntest mich ja begleiten«, lachte Oskar, »und dann ich dich wieder und dann du mich wieder und immer so weiter.«

»So gut sind meine Schuhe dann doch nicht. Vor allem hab ich kalte Zehen.«

»Dann geh schnell heim und zieh dir warme Socken an.«

»Das mach ich. Gute Nacht. Und, Oskar?«

»Ja, Marie?«

»Danke für den wunderschönen Tag.«

»Ich habe zu danken.«

Obwohl es längst Schlafenszeit war, brannte im Zimmer der Kinder noch Licht. Marie schloss rasch die Tür auf, zog Schuhe und Mantel aus und lief nach oben. Aus Lilis Zimmer hörte sie Weinen und dazwischen die beschwichtigende Stimme des Herrn Doktors. Marie traute sich nicht, die Tür zu öffnen, und ging zu Heini ins Zimmer. Der sprang aus seinem Bett und umarmte Marie ungestüm.

»Gut, dass du wieder da bist! Wo warst du so lange?«

»Ich war in der Stadt. Erst im Museum und dann im Kaffeehaus. Was ist los? Wieso schlaft ihr noch nicht?«

»Weil du nicht da bist.«

»Aber das ist doch kein Grund, mein Liebling. Es ist schon so spät. Wo ist denn die Mama?«

»Die hat sich hingelegt, ich glaub, sie ist krank.«

»Und was ist mit Lili? Warum weint sie?«

»Keine Ahnung. Weil sie will, dass die Mama kommt. Oder du.«

»Hattet ihr einen schönen Tag?«

»Ja.«

»Das klingt aber nicht so.«

»Doch, zuerst war es schön. Wir waren spazieren mit Onkel Julius und Tante Helene. Dann hab ich mit Hans Schach gespielt.«

»Und dann?«

»Dann haben wir Musik gemacht. Ich hab mit dem Papa vierhändig gespielt.« Sein Gesicht verschattete sich.

Marie hob sein Kinn an und sah ihm in die Augen. »Und dann?«

»Dann wollte die Mama ein Lied singen. Und Papa hat Klavier gespielt. Und dann haben sie fürchterlich zu streiten begonnen.«

»Warum denn?« Gleich hatte Marie ein schlechtes Gewissen. Das durfte sie gar nicht fragen. Wenn die Herrschaften stritten, ging sie das nichts an. Aber der Bub sah so unglücklich aus, er brauchte wohl dringend jemanden, dem er sein Herz ausschütten konnte.

»Ich weiß nicht genau. Die Mama ist plötzlich ganz zornig geworden und dann haben sie sich angeschrien und wir sind nach Hause gefahren. Ich bin dann mit Lili in mein Zimmer und hab ihr ein Buch vorgelesen. Aber sie haben sich so laut gestritten.«

»Und jetzt versucht der Vater, Lili ins Bett zu bringen?«

»Ja, die Mutter kommt nicht mehr aus dem Schlafzimmer.«

»Soll ich mal zu ihnen gehen?«

»Ich glaub schon.«

»Gut, mein Großer, dann schau ich mal zu deiner Schwester und du legst dich ganz schnell wieder ins Bett.«

»Gut.« Ohne Widerrede schlüpfte der Bub unter die Decke. »Marie?«

»Ja, Heini?«

46

»Kommst du nachher noch einmal?«

»Natürlich komm ich nachher noch einmal. Versprochen.«

»Gut.«

Lili schrie so laut, dass Maries zaghaftes Klopfen nicht bemerkt wurde, also öffnete sie einfach die Tür. Lili stand in ihrem Bettchen und stampfte zornig mit dem Fuß, ihr Gesicht war vom vielen Weinen ganz rot und verschwollen. Der Doktor stand vor ihrem Bett und war sichtlich verzweifelt. Alt und müde sah er aus, und als er Marie sah, breitete er die Arme aus und sagte leise: »Marie. Gut, dass Sie da sind. Sie lässt sich einfach nicht beruhigen. Ich hab schon alles versucht.«

Marie drückte sich in dem schmalen Zimmer an ihm vorbei und hob das Kleinkind aus dem Bett.

»Mein Engelchen, was ist denn los? Warum musst du denn so weinen?«

Der verschwitzte, kleine Körper drückte sich an sie, Lili schmiegte ihr Köpfchen an Maries Schulter und hörte schlagartig auf zu weinen. Sie streichelte dem Kind über den Rücken und wiegte es sanft in den Armen. Dann sah sie aus den Augenwinkeln, wie der Doktor den Kopf schüttelte und leise das Kinderzimmer verließ.

OSKAR BLIEB AM ABEND noch länger in der Buchhandlung. Er hatte ein schlechtes Gewissen, weil er den letzten Samstag so kurzfristig hatte freihaben wollen und es anscheinend mit solch einer Vehemenz eingefordert hatte, dass Herr Stock lediglich eine Augenbraue gehoben und etwas verstimmt gemeint hatte: »Na gut, wenn es dir so wichtig ist, dann werde ich den Samstag auch alleine schaffen.«

Nun machte Oskar ungefragt Überstunden, räumte die Neuerscheinungen weg und dekorierte das große Schaufenster neu. Er liebte die Stimmung im Buchgeschäft am Abend und genoss die Zeit alleine. Er hatte noch ein Stück Holz in den Ofen gelegt und die große Deckenlampe ausgeschaltet. Wenn er die Bücher so auf dem Neuerscheinungstisch arrangierte, dann war es, als sprächen sie mit ihm, und er spürte ständig den Drang, jedes Einzelne von ihnen in die Hand zu nehmen und darin zu lesen.

Doch er musste sich ein bisschen zurückhalten, jeden Monat floss ein fixer Teil seines Gehaltes in den Ankauf von Büchern, und auch wenn Herr Stock ihn gerecht entlohnte und die Preise für ihn sehr moderat gestaltete, schaffte er es in fast keinem Monat, etwas von seinem Gehalt zurückzulegen. Bis jetzt hatte Oskar nicht groß darüber nachgedacht, er hatte nichts, wofür er unbedingt sparen musste. Sein Untermietszimmer im zweiten Bezirk war sauber und hell, die jüdische Witwe hatte einen Narren an ihm gefressen und die Miete seit Jahren nicht erhöht. Aus Alkohol machte er sich nichts und er kannte viele Wirtshäuser, wo man billig essen konnte. Der einzige Luxus, den er sich leistete, waren Theaterbesuche und Bücher.

Aber nun dachte er ständig an Marie, immer wieder hielt er inne und stellte sich den Kuss vor. Wie sie da gestanden hatten, auf der Gasse, und sie sich in seine Arme geschmiegt und ihn geküsst hatte. Also – eigentlich hatte ja er sie geküsst, aber sie hatte nicht eine Sekunde lang Widerstand geleistet. Das musste ja wohl bedeuten, dass sie ihn auch gern hatte, denn ein leichtes Mädchen, das jeden Dahergelaufenen küsste, das war sie definitiv nicht.

Wie würde es nun weitergehen mit ihm und Marie? Was sollte er als Nächstes tun? Gut, sie würden sich an ihren freien Tagen treffen, spazieren gehen, Wien erkunden, vielleicht einmal einen Ausflug aufs Land machen. Aber dann? Wie lange würde das gehen? Wann musste er über ihre Zukunft nachdenken? Und wie sollte er sich das vorstellen? Er konnte keine Familie ernähren, nicht mal eine Frau und schon gar keine Kinder. Ach, wie sehr vermisste er nun seinen Vater! Hätte er doch wenigstens einen großen Bruder oder einen Onkel, den er um Rat fragen könnte. Aber als der grauenhafte Brand in der Werkstatt seine Eltern getötet hatte, war er ganz alleine zurückgeblieben. Keine Geschwister, keine Cousins, niemand, der den Buben hätte aufnehmen können. Hätte er nicht Friedrich Stock gehabt, den einzigen Freund seines Vaters, der ihn als Fünfzehnjährigen aus dem Heim geholt und als Lehrling zu sich genommen hatte, er wüsste nicht, wo er jetzt wäre. Aber Friedrich Stock zu Liebesdingen befragen? Trotz aller Nähe zwischen ihnen hatte Oskar Hemmungen, den Älteren um Rat zu bitten.

Es war schon spät, als Oskar das Licht ausmachte und die Buchhandlung abschloss. Er warf einen letzten Blick auf das Schaufenster und wieder einmal fühlte er Dankbarkeit in sich aufsteigen. Dankbarkeit, dass er diese Arbeit hatte, Dankbarkeit, dass er dieses Leben führen konnte.

Stock war schon da, als Oskar am nächsten Morgen durchs Hinterzimmer in den Laden kam. Er reichte ihm einen Tasse Kaffee.

»Schön aufgeräumt hast gestern. Und das Schaufenster ist auch sehr ansprechend.«

»Danke. Hab ich gern gemacht.«

»Was liest du denn gerade?«

»Alles Mögliche. Mich freut grad nichts so richtig.«

»Hast den Kopf woanders?«

»Ja, ein bisschen.«

»Wie ist das denn jetzt mit deinem Mädel?«

Oskar stieg die Röte ins Gesicht und sagte barsch: »Weiß ich auch nicht.« Er hörte selbst, wie unwirsch er klang, zum Glück betrat gerade ein Kunde das Geschäft. Rasch stand er auf und ging nach vorne.

»Lasst euch Zeit und tut nichts Unüberlegtes«, brummte Friedrich Stock, stellte den Kaffee hin und folgte ihm.

Am späten Vormittag kam der Briefträger und wedelte mit ein paar Kuverts vor Oskars Nase herum. Ohne einen Blick darauf zu werfen, nahm er den Stapel an sich und legte ihn auf den Schreibtisch ins Hinterzimmer.

Friedrich Stock erledigte die Post immer nach der Mittagspause. »Oskar? Hier ist ein Brief für dich.«

Oskar trat ungläubig in das kleine Büro und sagte: »Für mich?«

»Ja. Bitte schön.«

Er riss den Umschlag auf, ohne auf den Absender zu schauen, und nahm ein kleines, gefaltetes Papier aus dem Kuvert.

Lieber Oskar,
zufällig habe ich zwei Karten für die Oper geschenkt
bekommen. Würden Sie mir die Freude machen,
mich am Sonntag, den 31. März, um halb acht
zu begleiten? Auf dem Programm steht Lohengrin.
Fanni Gold

Oskars Herz machte einen Satz. Er steckte den Zettel in die Rocktasche und begann fieberhaft, das Abholfach zu sortieren. Er war froh, dass Stock so viel Taktgefühl besaß, nicht nachzufragen. Natürlich stand der Absender auf dem Umschlag und ziemlich sicher hatte Stock ihn gelesen.

Viel zu früh stand er vor dem Opernhaus, also ging er noch einmal um das große Gebäude herum. Wie imposant das alles war. Das k. k. Hof-Operntheater mit seinen vielen Seiteneingängen, die Albertina, das Hotel Sacher, die elegant gekleideten Menschen, die vorbeieilten, um zu ihren Rendezvous oder Vorstellungen zu kommen. Er liebte diese Stimmung, fühlte sich dabei stets als Teil eines großen Kulturspektakels, und jedes Mal aufs Neue war er dankbar und glücklich, dass er irgendwie dazugehörte.

Sein Blick fiel auf eine Bettlerin, die im Winkel eines Hausflurs kauerte, das verfilzte Haar notdürftig von einem Tuch bedeckt. Über ihren Leib hatte sie einen Mantel gezogen, die Füße, in Lumpen gehüllt, ragten auf den Gehsteig. Halbherzig streckte sie ihm eine dürre Hand entgegen und murmelte: »Ein kleines Almosen, mein Herr, habt Ihr einen Kreuzer für mich? Ich komm auch gerne mit Ihnen mit, gnädiger Herr, wenn 'S einsam sind.« Sie öffnete ihren Mantel ein bisschen und bot ihm den Ansatz einer mageren Brust da. Mein Gott, sie war höchstens siebzehn! Oskar warf ihr einen Kreuzer zu und wandte sich mit einer Mischung aus Betroffenheit und Ekel ab. Wie schmal der Grat doch war zwischen so einem Leben auf der Straße und seinem, das er in relativer Sicherheit verbringen konnte. Er musste an Marie denken und an ihr Leben, bevor sie zu den Schnitzlers gefunden hatte. Mutterseelenallein war sie gewesen in dieser riesigen Stadt, ohne Arbeit, ohne jemanden, der sie beschützte. Auf ihrem langen Nachhauseweg hatte sie stockend erzählt, dass es eine Nacht gegeben habe, in der sie ihrem Leben ein Ende habe setzen wollen. In eisiger Kälte habe sie lange auf der Brücke über den Donaukanal gestanden, ins schwarze Wasser geschaut und ernsthaft überlegt, ob sie springen solle oder nicht. Gerade mal achtzehn musste sie damals gewesen sein, fast noch ein Kind. Oskar schnürte es das Herz zusammen bei dem Gedanken an das zierliche Mädchen.

»Da sind Sie ja. Fein, dass Sie es einrichten konnten.« Fanni Gold war wunderschön in ihrem raffiniert geschnittenen roten Kleid. Ihr langes, dunkles Haar trug sie offen unter einem kleinen Hut.

»Ich danke Ihnen für die Einladung, ich fühle mich sehr geehrt.« Oskar verbeugte sich linkisch, sie hängte sich wie selbstverständlich bei ihm ein.

Nach dreieinhalb Stunden Wagner war Oskar überwältigt von der Fülle der Bilder und den opulenten Kostümen. Insgeheim jedoch dachte er, dass er doch eher für Literatur und Theater geschaffen sei als für die Oper. Zu theatralisch, zu übertrieben empfand er die Texte, die ganze Dramatik der Sänger, das Getue. Und dass die Liebesszenen unendlich in die Länge gezogen wurden und ein Tod auf der Opernbühne endlose Minuten dauerte, fand er entbehrlich. Theater kam ihm ehrlicher vor, unmittelbarer und viel näher am echten Leben.

»Und? Wie hat es Ihnen gefallen?«

»Sehr gut. Beeindruckend!«

»Wirklich?«

»Ja, schon. Ihnen nicht?«

»Na ja, ich weiß nicht. Ich meine, die Geschichte ist schon sehr an den Haaren herbeigezogen. Und die Texte ... es ist gut, dass man die Hälfte nicht versteht, oder?«

Fanni hatte sich wieder bei ihm untergehakt und dirigierte ihn sanft, aber bestimmt in Richtung Rückseite der Oper.

»Ich hab gedacht, wir gehen noch ins Sacher und dinieren eine Kleinigkeit.«

»Liebe gnädige Frau, das übersteigt leider meine finanziellen Möglichkeiten.«

»Jetzt lassen wir das mal mit der gnädigen Frau, ich bin die Fanni.« Sie blieb mitten auf dem Trottoir stehen und streckte Oskar die Hand hin. Ihr Händedruck war eher der eines Bierkutschers, nicht der einer feinen Dame. »Und außerdem hab ich genug Geld mit.«

»Ich lasse mich nicht von einer Dame einladen.«

»Das Geld ist von meinem Vater. Also lädt er dich ein, nicht ich. Quasi.«

»Trotzdem.«

»Ich bin aber beleidigt, wenn du nicht mit mir kommst. Und mein Vater auch.«

Oskar wusste nicht, wie er sich aus der Affäre ziehen konnte, ohne jemanden zu kränken. Anscheinend war die Familie Gold entschlossen, ihren Kontakt zu intensivieren.

Oskar war noch nie in dem feinen Restaurant gewesen und er war froh, an der Seite einer so weltgewandten Begleiterin zu sein. Der Kellner begrüßte sie freundlich und Fanni bestellte selbstsicher eine Karaffe Wein und zwei kleine Rindsgulasch. »Du magst doch Gulasch, oder?«

»Ja, natürlich. Kommst du oft hierher?« Oskar hatte seine Selbstsicherheit wiedererlangt. Anscheinend schafften drei Stunden Wagner irgendeine Verbindung, es kam ihm gar nicht so komisch vor, Fanni zu duzen.

»Na ja, es geht. Als Kind war ich mit meinem Papa immer hier. Am Samstag, nachdem er das Geschäft zugesperrt hatte, sind wir ins Sacher gegangen. Er hat Zeitung gelesen und mit mir diskutiert.«

»Hast du keine Geschwister?«

»Nein. Leider nicht. Meine Geburt war sehr schwierig und meine Mutter wäre dabei fast gestorben. Danach konnte sie keine Kinder mehr bekommen. Es wäre vieles einfacher, wenn ich noch einen Bruder hätte. Hast du Geschwister?«

»Nein, leider nicht. Ich weiß nicht, warum, und meine Eltern kann ich leider nicht mehr fragen.«

»Ich weiß. Mein Vater hat mir erzählt, dass sie bei einem Brand ums Leben gekommen sind. Das tut mir leid.«

»Ja, es ist schon lange her. Ich hatte aber Glück, dass ich bei Friedrich Stock gelandet bin. Er ist wie ein Vater für mich.«

»Das heißt, du wirst einmal die Buchhandlung übernehmen?«

»Darüber haben wir noch nie gesprochen.«

»Möchtest du es denn?«

»Ja, natürlich. Ich kann ja nichts anderes als Bücher verkaufen. Und du?«

»Ach, ich muss ja wohl, oder? Obwohl mein Vater immer sagt, als Frau allein kann man kein Geschäft führen.«

Zum Glück brachte der Kellner den Wein und schenkte jedem ein Glas ein. Sie prosteten sich zu und Fanni lächelte ihn verschmitzt an. »Wieso sagst du denn nichts?«

»Was soll ich denn sagen? *Willst* du denn das alles übernehmen?«

»Na ja, ich weiß auch nicht. Eigentlich schon. Aber noch nicht jetzt. Ich will vorher noch was sehen von der Welt.«

»Ich war noch nie auf Reisen. Doch, einmal in Krems.«

»Huch, wie aufregend! Krems.« Fanni nahm einen kräftigen Schluck von ihrem Wein. »Ich fahr im April nach Amerika.«

»Echt?«

»Ja. Mein Vater hat mir die Reise zum Geburtstag geschenkt. Auf diesem tollen, neuen Schiff. Er meinte, bevor der Ernst des Lebens losgeht.«

Oskar war beeindruckt. Er hatte schon von diesem Schiff gelesen, das größte, das je gebaut worden war. Er hatte auch die Preise der Kabinen gesehen, sie aber sofort wieder vergessen, das war wohl etwas, das er in seinem ganzen Leben nicht machen würde.

»Fährst du allein?«

»Ja. Also, nein. Mit einer Freundin. Aber das weiß mein Vater nicht.«

Oskar wusste mit dem letzten Satz nichts anzufangen, hatte aber das Gefühl, es wäre komplett unpassend, nachzufragen. Und Fanni erwähnte die Freundin nicht noch einmal, erzählte davon, wie lange die Schiffspassage dauern würde und was sie dann in Amerika alles unternehmen würde. Auf alle Fälle ein paar Tage in New York bleiben und dann wollte sie einen Onkel in Boston besuchen. Für Oskar klangen Fannis Pläne wie aus einem Roman. Es war unvorstellbar, dass er jemals so eine Reise antreten würde; für ihn waren schon Triest oder Fiume nahezu unerreichbare Ziele.

Er hatte keine Ahnung, warum er es sich plötzlich traute, vielleicht lag es am Wein oder auch an Fannis ungezwungener Art. Nachdem sie längst das Gulasch gegessen hatten, fragte Oskar: »Und dein Freund hat nichts dagegen, dass du so lange weg bist?«

»Welcher Freund?«

»Na ja, eine Frau wie du hat doch sicher einen Freund. Oder einen Verlobten.«

Fanni lachte ihn an: »Und warum glaubst du, sollten meine Eltern dann versuchen, mich mit dir zu verkuppeln?«

Oskar wurde so verlegen, dass er gar nicht wusste, wohin er schauen sollte. Obwohl ihm der Alkohol schon ziemlich zu

Kopf gestiegen war, nahm er noch einen kräftigen Schluck aus dem Glas. Die Unbefangenheit dieser Frau machte ihn nervös. Sie beeindruckte ihn und gleichzeitig verunsicherte sie ihn komplett. Bevor er etwas sagen konnte, legte sie den Kopf ein wenig schief, zeichnete mit dem Finger das Muster der Tischdecke nach und sagte leise: »Weißt du, ich interessiere mich nicht für Männer. Also – versteh mich nicht falsch, ich mag Männer natürlich auch, und mit so netten wie mit dir unterhalt ich mich auch gern. Aber nicht mit Verloben und Heiraten und so.«

Sie war eine geschickte Gesprächspartnerin, natürlich wusste sie, dass Oskar nun so verlegen sein würde, dass eine peinliche Gesprächspause entstehen würde, also drehte sie den Spieß sofort um: »Und du? Du hast doch sicher ein Mädel?«

»Ja, es gibt da jemanden.«

»Ernst?«

»Ich weiß es nicht. Wir kennen uns noch nicht lange und sehen uns selten.«

»Wie hast du sie kennengelernt?«

»Sie war bei uns in der Buchhandlung, kurz vor Weihnachten. Eine Dachlawine hat sie fast unter sich begraben.«

»Mein Gott, wie romantisch. Und? Was habt ihr vor?«

»Keine Ahnung. Ich habe kein Geld, um mich zu binden, und sie ist ein einfaches Mädchen vom Land. Sie arbeitet als Kindermädchen.«

»Ach, das wird schon. Außerdem wirst du das Geschäft sicher einmal übernehmen.«

»Wie kommst du denn darauf?«

»Na, mein Herr Papa und dein Herr Stock, die haben sich das doch schon überlegt. Wir beide und die zwei Läden, einer in der besten Innenstadtlage und der kleine, feine in der Vorstadt. Das würde ihnen gefallen.«

»Meinst du wirklich?«

»Ja, was glaubst du denn, warum ihr zum Essen bei uns wart? Und die Idee mit der Oper war auch nicht meine.«

»Das tut mir leid. War's schlimm?«

»Was?«

»Die Oper.«

»Die Oper schon, aber du bist ein feiner Kerl. Kann sich glücklich schätzen, dein Mädchen, dass ihr der Schnee vor *eurem* Laden auf den Kopf gefallen ist.«

»Glaubst?« Oskar sah sie unsicher an.

»Sicher. Das wird schon. Wollen wir aufbrechen? Es ist schon spät.«

»Natürlich. Darf ich dich nach Hause begleiten?«

»Gerne. Es sind genau fünf Minuten«, kicherte Fanni.

Als sie durch den vorderen Gastraum das Restaurant verließen, fiel sein Blick auf einen eng besetzten Tisch. Die große Runde bestand aus Männern und Frauen, der Kleidung nach zu urteilen kamen sie ebenfalls aus der Oper oder dem Theater. Sie diskutierten angeregt und lautstark, doch Oskar konnte nicht verstehen, worüber. Er blieb einen Moment lang stehen, da bemerkte er den Herrn, der in der Mitte der Runde saß. Es wirkte, als sei er das Epizentrum der Gesellschaft. Arthur Schnitzler hatte Oskar ebenfalls erkannt und nickte ihm freundlich zu.

ENDLICH WAR ES ein bisschen wärmer geworden. Es war der erste Frühling, den Marie bewusst in Wien wahrnahm. Die Bäume im Garten der Schnitzlers hatten schon kleine, grüne Blätter und sie wachte meistens vom Vogelgezwitscher auf, drehte sich dann noch einmal um und döste weiter, bis Lili nach ihr rief. Sie nutzte jede Stunde, um mit den Kindern in den Türkenschanzpark zu gehen. Einmal wanderten sie sogar bis nach Grinzing, und obwohl sie Lili fast den ganzen Rückweg über tragen musste, genoss sie den Fußmarsch. Draußen sein, um spazieren zu gehen, das kannte sie nicht – bei ihr zu Hause ging man nicht spazieren. Entweder hatte man einen Weg oder man war zum Arbeiten draußen.

Trotzdem war auch schon in Maries Kindheit der Frühling ihre liebste Jahreszeit gewesen. Wenn es draußen wärmer wurde, gab es mehr Möglichkeiten, der Enge und Bedrücktheit des Hauses zu entgehen, rauszukommen aus den dunklen, immer feuchten Räumen. Dann hatte sie immer ein wenig das Gefühl von Freiheit. Damals versuchten sie, dem strengen Blick des Vaters wenigstens für kurze Momente zu entkommen. Manchmal spielten sie hinter der Scheune mit Stöcken und Steinen und einmal, sie war ungefähr so alt wie Heini jetzt, schaffte sie es, ein kleines Kätzchen zu retten, bevor der Vater den ganzen Wurf in einen Sack steckte und im Brunnen ertränkte. Es war ihr Geheimnis, etwas, was nur ihr gehörte, und sogar ihre Geschwister wussten nichts davon. Marie versteckte die dreifarbige Katze bei der Großmutter im Auszugshäuschen, doch noch bevor der Sommer anbrach, hatte ein Fuchs sie gefressen.

»Eins, vier, sieben, neun, ich komme!« Lili hielt die Hände vors Gesicht und lugte zwischen den Fingern hervor. Sie stand hinter einem großen Baum, Heini und Marie sollten sich verstecken.

»Sie schummelt.« Heini zupfte Marie am Rock. »Und sie zählt nicht richtig.«

»Sei nicht so streng. Sie ist noch nicht mal drei. Dafür zählt sie schon recht gut.«

»Ich konnte mit drei schon bis hundert zählen.«

»Ja, ja, du warst sicher ein Wunderkind«, lachte Marie. »Komm, schnell, versteck dich da hinter dem dicken Baumstamm, ich geh hinter die Paulinenwarte. Aber verrat mich nicht.«

Lili flitzte über die Wiese und hatte ihren Bruder bald gefunden. Der machte sich den Spaß und lockte seine kleine Schwester immer wieder an Maries Versteck vorbei, so lange, bis die Kleine fast zu weinen begann. »Marie! Marie! Komm!« Ihre Rufe schallten durch den Park und endlich führte Heini sie zum Versteck des Kindermädchens. Das Kind warf sich in Maries Arme, als wäre diese stundenlang weg gewesen.

Marie war zufrieden, wenn sie mit den Kindern so spielen konnte, sie fühlte sich dann selbst wie ein kleines Mädchen, glücklich und frei, und sie gönnte es den Schnitzler-Kindern von Herzen, dass sie so ungezwungen aufwachsen konnten. Sie war in Heinis Alter eine volle Arbeitskraft auf dem elterlichen Hof gewesen, die Schulstunden waren Erholung von zu Hause gewesen. Heinrich Schnitzler dagegen hatte nur die Aufgabe, in die Schule zu gehen, seine Hausaufgaben zu erledigen und regelmäßig Klavier zu üben. Davon abgesehen hatte er keine Verpflichtungen und Sorgen. Na ja, bis auf die launische Mutter und die streitenden Eltern, aber Marie konnte sich auch nicht daran erinnern, dass ihre Eltern jemals ein freundliches Wort gewechselt hätten.

Müde und zufrieden kamen sie zu Hause an, Lili sang aus vollem Hals und Heini wollte unbedingt noch zu seinem Freund Paul spielen gehen.

»Nein, Heini, es ist schon spät. Jetzt gibt es Abendbrot und dann geht's ab ins Bett.« Marie versuchte ein wenig Strenge in ihre Stimme zu legen und Heini tat kurz beleidigt. Doch lange konnte er Marie nicht böse sein.

Bereits im Vorzimmer, während sie den Kindern half, die Schuhe auszuziehen, bemerkte sie die seltsame Stimmung im Haus. Da streckte auch schon Anna den Kopf aus der Küchentür und legte den Finger auf den Mund. Marie schickte Heini und Lili zum Händewaschen ins Badezimmer.

»Was ist passiert?«

Anna flüsterte ihr zu: »Sophie. Ihr geht's gar nicht gut. Doktor Pollak ist gerade bei ihr.«

»Was hat sie?«

Die Kinder stürmten in die Küche und die Köchin machte eine abwehrende Handbewegung. Sie stellte ihnen zwei Teller mit Butterbroten hin und setzte sich still daneben. Marie hörte keinen Laut und Anna schwieg. Auf ihrer Stirn stand eine dicke Falte, ihre ansonsten so rosigen Wangen waren bleich. Plötzlich hörte sie die Stimme des Doktors im Vorzimmer, er sprach leise und sie konnte nichts verstehen.

»So, Kinder, ab nach oben. Sagt noch schnell Gute Nacht zu eurem Vater und dann ist Schluss für heute.« Als sie alle aus der Küche kamen, verabschiedete Arthur Schnitzler gerade Doktor Pollak, den langjährigen Hausarzt der Familie. Er blickte ihm nach, schloss dann die Tür und drehte sich zu seinen Kindern um. Marie wurde ganz bang, er sah so sorgenvoll aus, aber auch so voller Liebe, und für einen kurzen Moment dachte sie, er würde weinen. Der gnädige Herr nahm Lili kurz auf den Arm und küsste sie, strich dem Großen durchs Haar. »Seid schön brav, meine Lieben, und geht schlafen.«

Die Kinder liefen die Treppe rauf und der Doktor legte Marie die Hand auf den Arm, es war nur eine kurze, flüchtige Berührung, doch ihr war, als würde die Stelle vor Hitze glühen.

»Marie?«

»Ja, Herr Doktor?«

»Schauen Sie, dass die beiden heute nicht mehr runterkommen. Das Mädchen wird gleich vom Rettungswagen abgeholt, ich möchte nicht, dass die Kinder das sehen. Und dann würde ich Sie bitten, das Zimmer unten sauber zu machen, Anna wird Ihnen helfen.«

»Sehr wohl, Herr Doktor.«

Die allgemeine Aufgeregtheit war im ganzen Haus zu spüren und natürlich dachten die Kinder nicht daran, rasch einzuschlafen. Vor allem Heini ließ sich nicht beruhigen und fragte Marie Löcher in den Bauch: »Was ist mit Sophie? Warum war Herr Doktor Pollak da? Kann ich die Rettungsmänner sehen?«

»Nein, du kannst die Rettungsmänner nicht sehen. Und Sophie ist krank, aber es geht ihr sicher bald wieder besser. Und du schläfst jetzt!«

Marie hörte, wie die Sanitäter kamen, sie hatten wohl Mühe, die Tragbahre durch das enge Stiegenhaus zu manövrieren, und man konnte hören, wie einer von ihnen laut fluchte. Marie verging fast vor Angst und Neugier und konnte es kaum ertragen, still an Lilis Bettchen zu sitzen, um zu warten, bis diese endlich eingeschlafen war.

Anna war in der Küche, vor sich eine große Tasse Tee, von der sie noch keinen Schluck getrunken hatte. Marie setzte sich zu ihr und Anna schob ihr das Häferl hin.

»Ist sie …?« Es dauerte lange, bis Marie sich traute, den Satz auszusprechen, den sie seit einer Stunde im Kopf herumwälzte, wie eine Murmel, die immer größer wurde.

»Tot? Nein, noch nicht. Aber es weiß nur der Allmächtige, ob sie das überlebt.«

Und da brach es aus Anna heraus, die Tränen stiegen ihr in die Augen, als sie erzählte, wie sie am frühen Abend auf der Suche nach dem Mädchen die Zimmertür geöffnet hatte.

»Da lag sie. Im Bett. Und ihr Gesicht war so weiß wie das Betttuch. Sie hat sich gar nicht bewegt, nicht mal die Augen aufgemacht hat sie. Und dann erst hab ich das ganze Blut gesehen. Mein Gott, wie aus einem Menschen so viel Blut rausrinnen kann.«

In Maries Kopf ratterte es. Sie hatte eine vage Vorstellung von dem, was passiert sein konnte, natürlich hatte sie davon gehört, dass es Methoden gab, ungewollte Schwangerschaften wieder loszuwerden. Aber wie genau man so etwas machte und dass die arme Sophie ...

»Hat sie dir mal was über ihren Verehrer erzählt?« Anna unterbrach ihre Gedanken.

»Mir? Nein. Mit mir hat sie doch kaum gesprochen.«

»Wenn ich den in die Finger krieg! Diese Mannsbilder, das ist so typisch! Erst von Liebe und so reden und dann, wenn's ernst wird, schleichen sie sich und haben keine Ahnung. Eine Sünde ist das. Und wer muss es ausbaden? Die Frau natürlich. Wenn sie das nur überlebt!«

»Was passiert jetzt mit ihr?«

»Sie wird in die Poliklinik eingeliefert. Sie kann nur dem Herrgott danken, dass sie hier beim Herrn Doktor in Stellung ist. Ein anderer hätt sie vielleicht liegen lassen.«

»Er ist ein so gütiger Herr, mein Gott, die arme Sophie.«

»Ja, selber schuld, kann ich da nur sagen. Dieses dumme Ding. Wie blöd kann man sein.« Annas Tonfall passte so gar nicht zu den harten Worten, sie musste wohl ein wenig schimpfen, damit die Gefühle sie nicht völlig überwältigten. »So. Wir haben noch was zu tun. Bist du bereit? Ich hoffe, dir wird nicht schlecht, wenn du Blut siehst.«

»Mir? Ich komm vom Bauernhof, ich hab schon Blut gesehen, da sind andere noch am Milchbusen gehangen.« Marie hatte beschlossen, in den forschen Tonfall der Köchin einzustimmen, nur nicht nachzugeben, keinesfalls zusammenzubrechen.

Bewaffnet mit einem großen Kübel Wasser, Fetzen und Wischmopp, betraten sie die kleine Kammer. Marie zuckte zusammen. Neben dem Bett befand sich eine riesige Blutlache, Leintuch und Bettdecke waren an manchen Stellen komplett durchtränkt. Trotz der kalten Abendluft öffneten sie das Fenster, zu streng war der Geruch von gestocktem Blut.

»Ob wir das jemals wieder sauber kriegen?« Anna hatte die Tücher vom Bett genommen und sie in den Kübel mit kaltem Wasser eingeweicht. Auch auf der Matratze war ein dunkler Fleck. »Komm, die ziehen wir in den Keller, da kann keiner mehr drauf schlafen.«

Fast Mitternacht war es, als sie endlich fertig waren, mehrere Kübel Wasser schleppten sie aus dem Zimmer, und als der letzte nur mehr blassrosa gefärbt war, beschlossen sie, aufzuhören.

»Das reicht. Die Laken waschen wir morgen aus, wir gehen jetzt schlafen.«

Marie ließ ihr kleines Nachtlicht noch lange an. Immer wenn sie die Augen schloss, sah sie all das Blut vor sich und das blasse Gesicht des Dienstmädchens. Auch wenn sie Zweifel am Erfolg hatte, sprach sie ein kurzes Gebet und ein Vaterunser für Sophie. Und sie schwor sich, so etwas wollte sie niemals erleben.

»Es versteht sich von selbst, dass wir über den gestrigen Vorfall absolutes Stillschweigen bewahren.« Der Doktor hatte sie beide nach dem Frühstück ins Esszimmer bestellt und Anna und Marie standen verlegen vor ihm.

»Jawohl, Herr Doktor.« Anna sah erschöpft aus, hatte aber ihre Fassung wiedererlangt.

»Marie, es ist Ihnen klar, dass ich große Schwierigkeiten bekomme, wenn Sie irgendjemandem erzählen, was hier in der Nacht vorgefallen ist? Und von Sophie gar nicht zu sprechen. Es wird nicht getratscht!«

»Jawohl, Herr Doktor. Selbstverständlich.«

»Wenn jemand fragt, dann ist das Mädchen in der Nacht aufgewacht und hat stark geblutet. Das ist gar nicht so selten.«

»Ja. Natürlich. Und wird sie es überleben?«

»Das ist nicht gewiss. Wissen Sie vielleicht noch etwas, was Sie mir sagen sollten?«

»Wie meinen, Herr Doktor?«

»Na ja, mich würde interessieren, wo sie den ... äh ... Eingriff hat vornehmen lassen.«

»Nein, Herr Doktor. Wir wissen nichts.«

»Dass sie in anderen Umständen war, das wussten Sie aber schon?« Er sah die beiden streng an. »Lügen Sie mich nicht an, irgendjemandem muss sie sich anvertraut haben.«

»Ja, aber erst seit ganz Kurzem. Letzte Woche hat sie es mir erzählt, weil ihr doch immer so furchtbar übel war.«

Marie war sehr froh, dass Schnitzler das Gespräch mit Anna führte, sie fühlte sich so elend und auch schuldbewusst, dass sie keinen geraden Satz rausbringen konnte.

»Und wissen Sie auch, mit wem sie sich da eingelassen hatte? Irgendwer, den man verantwortlich machen könnte?«

»Nein, Herr Doktor. Sie hat nichts erzählt von einem Mann. Sie war überhaupt recht verschlossen. Und von Verwandten weiß ich auch nichts.«

»Mir hat sie mal von einer Schwester erzählt. Die ist in Hietzing in Stellung.« Marie erinnerte sich an eines der wenigen Gespräche, die sie mit Sophie geführt hatte. »Sie sind aber zerstritten, glaube ich.«

»Na gut. Wir hoffen, dass die Sache halbwegs gut ausgeht.

Sie beide werden Sophies Aufgaben mit übernehmen, bis wir wissen, ob wir ein neues Mädchen brauchen.«

Ob wir ein neues Mädchen brauchen ... Der Satz echote in Maries Kopf nach. Immer und immer wieder hörte sie Arthur Schnitzler sagen: »... ob wir ein neues Mädchen brauchen«, was ja wohl nur bedeuten konnte, dass Sophie wirklich sterben könnte. Andererseits hieß es aber vielleicht auch, dass Herr Schnitzler sie wieder aufnehmen würde, sollte die Sache gut für sie ausgehen. Marie konnte die Tränen nicht mehr zurückhalten, zum einen wegen dem wohl wahrscheinlichen Tod des Mädchens, zum anderen aus lauter Rührung über die Güte des Dienstherrn.

»Na, na, Fräulein Marie, da müssen Sie ja nicht gleich weinen. Das bisserl Abstauben und Aufräumen werden Sie schon schaffen.«

Marie wischte schnell die Tränen weg und stammelte: »Das ist es nicht, Herr Doktor, das ist es doch nicht. Es macht mir überhaupt nichts aus, ich verzichte auch gerne auf meinen freien Tag, Hauptsache, der Sophie geht's bald wieder gut.«

»Na, dann ist ja alles erst mal besprochen. Ich werde Sie auf dem Laufenden halten, jetzt gehen Sie wieder an die Arbeit. Ach ja, heute Abend haben wir Gäste, Marie, Sie haben ja schon einmal serviert.«

»Sehr wohl, gnädiger Herr, gerne.«

Die Kinder waren den ganzen Tag über recht verstört, immer wieder fragte Lili nach Sophie, obwohl sie das Mädchen sonst eher ignorierte. Die Kleine spürte wohl, dass etwas Schlimmes vorgefallen sein musste. Und Heini war regelrecht sauer, dass er die Rettungsmänner nicht gesehen hatte. Vor allem, dass er den Ambulanzwagen nicht hatte anschauen dürfen, verzieh er Marie nicht so schnell.

Der Nachmittag zog sich in die Länge, es war, als hätte sich eine Wolke schlechter Stimmung übers Haus gelegt. Marie fühlte sich müde und abgeschlagen und hätte sich während Lilis Mittagsschlaf am liebsten auch hingelegt. Doch Annas Taktik war es, sich von ihren Sorgen um das Dienstmädchen in der Klinik durch eifrige Geschäftigkeit abzulenken, und so schaffte sie Marie eine Arbeit nach der anderen an.

»Du musst die Gläser noch polieren für heute Abend und die gute Tischdecke bügeln. Und wenn du damit fertig bist, dann putzt du noch mal das Badezimmer, nicht dass es da noch Spuren von heute Nacht gibt. Da brauchst du gar nicht so die Augen verdrehen, mein Fräulein, und übrigens, heute ist Mittwoch, da wird im Arbeitszimmer vom Herrn Doktor immer staubgewischt. Das machst du am besten am Nachmittag, wenn er spazieren geht.«

Marie sagte nichts, sie hatte ein wenig Angst. In so einer Stimmung war Anna noch nie gewesen, seit Marie vergangenen Herbst ins Haus gekommen war. Kristallgläser polieren und dann das Bad, dazwischen schaute sie nach den Kindern, Lili schlief noch und Heini machte seine Schulaufgaben, allerdings wirkte er lustlos und unkonzentriert.

»Marie? Hilfst du mir?«

»Nein, Heini, das kannst du doch allein.«

So richtig helfen konnte sie ihm ohnehin nicht, der Bub lernte Dinge in der Schule, von denen sie noch nie gehört hatte. Aber er schien sich besser zu konzentrieren, wenn sie neben ihm saß und ein wenig aufpasste, dass er nicht ständig mit den Gedanken woanders war.

»Nein, ich kann es nicht.«

»Aber du bist doch ein großer Bub und kommst bald ins Gymnasium.«

»Ja, ich weiß. Aber trotzdem.«

»Lass mal sehen, wie viel hast du denn noch?«

Heini schob ihr das Heft hin und Marie warf einen Blick auf die wackeligen Buchstaben. Er war zwar sehr gescheit, der

Neunjährige, interessiert an vielen Dingen, von denen Marie in diesem Alter noch nie gehört hatte, aber das Schönschreiben war wahrlich nicht seine Stärke. Marie lachte: »Na, das ist aber ein bisschen krakelig, oder? Da wird der Herr Lehrer wieder etwas drunterschreiben.«

»Du bist gemein. Ich kann das nicht besser. Die Buchstaben machen einfach, was sie wollen.« Heini schob das Heft an die Tischkante und legte den Kopf auf die Arme.

Marie hockte sich zu ihm und strich ihm durchs Haar. Dabei bemerkte sie, dass der Bub ein wenig warm war und sie hob sein Gesicht an.

»Geht's dir nicht gut, Heini? Fühlst du dich nicht wohl?«

»Mir geht's nicht gut wegen diesen blöden Buchstaben.«

Da hörte Marie Geräusche von unten, anscheinend brach der gnädige Herr zu seinem Nachmittagsspaziergang auf.

»So, mein Schatz, ich muss jetzt schnell runter ins Arbeitszimmer von deinem Vater. Wenn ich wieder komm, bist fertig.«

»Deines Vaters.«

»Was?«

»Es heißt ›deines Vaters‹. Nicht ›von deinem Vater‹.« Heini grinste sie frech an. Marie wurde ganz rot im Gesicht, sagte nichts und verließ das Kinderzimmer.

Im Arbeitszimmer des Herrn Doktor war sie schon ein paarmal gewesen. In den seltenen Momenten, wenn sie alleine im Haus war, übte das Zimmer eine magische Anziehungskraft auf sie aus. Besonders damals, zu Beginn ihrer Anstellung, als sie erfahren hatte, dass der gnädige Herr ein berühmter Dichter war, hatte sie manchmal die Tür zu seinem Zimmer geöffnet, den Blick über die Buchrücken in den Regalen wandern lassen und die Frauenstatue mit den nackten Brüsten betrachtet. Nun stand sie da, bewaffnet mit Tuch und Staubwedel, und wusste nicht so recht, wo sie anfangen sollte. Regale, Fensterbrett, Stehpult, Büste, Schreibtisch. Immer wieder hielt Marie inne, nahm ein Buch in die Hand und blätterte kurz darin. Auf dem Schreibtisch war eine fürchterliche Unordnung und Marie wusste nicht, was sie tun sollte. Alles hochheben und darunter wischen? Alles so lassen, wie es war, und gar nicht putzen? Alles ordentlich stapeln? Sie warf einen Blick auf das schwarze Notizbuch, das aufgeschlagen vor ihr lag, und strich mit der Hand vorsichtig über die zittrige Schrift. Ganze Passagen waren energisch durchgestrichen, zwischen den Zeilen hatte er immer wieder Wörter eingefügt. *Hochwürden. Der Herr Professor ... Doch ... es ist ein völlig hoffnungsloser Fall ...*

Marie hob die Blätter und das Notizbuch vorsichtig hoch, wischte darunter die Tischplatte ab und versuchte dann alles wieder genau so hinzulegen, wie es gewesen war. Dann sah sie die Schreibmaschine und das darin eingespannte Blatt Papier. Hier saß das Fräulein Pollak immer und der Doktor diktierte ihr seine Notizen.

Bernhardi. Muß ich es nochmals wiederholen, Hochwürden? Die Kranke weiß nicht, daß sie verloren ist. Sie ist heiter, glücklich und – reuelos.
Pfarrer. Eine um so schwerere Schuld nähme ich auf mich, wenn ich von dieser Schwelle wiche, ohne der Sterbenden die Tröstungen unserer heiligen Religion verabreicht zu haben.

»Marie?« Heinis Stimme kam leise von der Tür. »Was machst du da?«

»Mein Gott, hast du mich erschreckt! Ich muss hier ein bisschen Staubwischen, weil doch die Sophie krank ist und das nicht machen kann.« Jetzt sah Marie erst, dass hinter Heini seine kleine Schwester stand, mit zerzausten Locken und roten Backen, noch ganz schlaftrunken.

»Mein Engelchen! Bist du schon aufgewacht? Und wie bist du aus dem Betterl gekommen?«

»Heini rausgehoben.«

»Heini, das sollst du doch nicht! Stell dir vor, sie fällt runter!«

»Ich bin aber stark.«

»Natürlich bist du stark. Aber wenn was passiert. Bist mit deiner Aufgabe fertig?«

»Ja, fast.«

»Ja oder fast?«

»Eine Zeile muss ich noch. Und ein Gedicht auswendig lernen.«

»Dann hopphopp, rauf mit dir.«

»Kommst du mit?«

»Ja, ich komm mit, ich bin schon fertig hier.«

Marie zog die Tür des Arbeitszimmers zu, nachdem sie noch einmal einen Blick zurückgeworfen hatte. Wie schön und ruhig dieses Zimmer war – das große Fenster in den Garten raus, die vielen Bücher, das breite Sofa und die Teppiche –, was für ein Luxus, so ein Zimmer für sich allein zu haben.

Sie nahm Lili auf den Arm. Als sie hinter Heini die Stiegen raufging, bemerkte sie, dass der Bub am Hals rote Flecken hatte.

»Lass mal schauen, was hast du denn da?« Sie schob ihm das Hemd hoch und erschrak: Das Kind war über und über voll mit roten Flecken! Jetzt fiel ihr auch auf, dass er heiß war und glänzende Augen hatte.

»Ab ins Bett mit dir. Die Zeile schreibst du heute nicht mehr.«

Ohne Widerrede zog Heini sich den Schlafanzug an und schlüpfte unter die Decke.

»Macht der Heini jetzt auch Mittagsschlaf?« Lili war sichtlich amüsiert.

»Nein, der Heini ist krank. Komm, sei leise, wir holen jetzt die Mutter.«

Olga Schnitzler saß im Wohnzimmer und legte das Buch in den Schoß, als Marie nach leisem Klopfen den Raum betrat.

»Was gibt es?«

Lili stürmte zu ihrer Mutter, kletterte auf ihren Schoß und warf dabei das Buch zu Boden.

»Jetzt sei nicht immer so wild, mein Kind. Das gehört sich nicht für ein Mädchen. Marie, können Sie nicht besser aufpassen?«

»Entschuldigen Sie bitte, gnädige Frau. Ich wollte Sie nicht stören, aber ich glaube, der Heini ist krank.«

»Was fehlt ihm denn?«

»Er hat am ganzen Körper rote Flecken und Fieber hat er auch. Er hat sich gerade freiwillig hingelegt.«

»Gut, dann rufen wir den Doktor Pollak an.« Olga Schnitzler stellte die protestierende Lili auf den Teppich und ging zu dem kleinen Tischchen, auf dem der Telefonapparat stand. Marie sah fasziniert zu. Sie fand dieses Gerät beängstigend, man konnte damit einfach jemanden auf der anderen Seite der Stadt anrufen und mit ihm sprechen, als stünde er neben einem. Sie könnte damit Oskar in der Buchhandlung anrufen und mit ihm reden, gerade so, als wären sie in einem Raum.

Die gnädige Frau stellte die Nummer ein, kurbelte an der Seite des Apparats und dann sprach sie auch schon in den Hörer, als wäre es das Normalste der Welt.

»Herr Doktor? Ja? Olga Schnitzler hier. Der Heini ist krank. … Ja. … Rote Flecken und Fieber. … Ja, er ist im Bett. Gut. Ja. Danke.«

Sie legte den Hörer auf die Gabel und sagte zu Marie: »Doktor Pollak kommt in einer Stunde. Gehen Sie mit Lili nicht in sein Zimmer, vielleicht ist der Bub ansteckend.«

»Jawohl, gnädige Frau. Obwohl das wahrscheinlich eh zu spät ist.«

»Tun Sie einfach, was ich Ihnen sage.«

Marie nickte nur, fasste Lilis kleine Hand und zog sie aus dem Wohnzimmer. »Komm, mein Engel. Wir ziehen uns was an und gehen in den Garten Ball spielen.«

Als Doktor Pollak kam, war Arthur Schnitzler von seinem Spaziergang zurück und die beiden Herren gingen ins Buben-zimmer. Marie musste draußen warten. Sie blieb vor der Tür stehen und versuchte zu verstehen, was drinnen gesprochen wurde. Sie machte sich solche Sorgen um Heini! Was, wenn es etwas Schlimmes war? Wenn das Fieber gestiegen war? In den letzten Monaten, umgeben von diesen wunderbaren Kindern, hatte sie häufig an ihre kleine Schwester Elisabeth denken müs-sen, die im Winter immer diesen schrecklichen Husten bekam. Das war nichts Außergewöhnliches, alle Kinder husteten, wenn es draußen nass und kalt war, doch bei Elisabeth war der Hus-ten hartnäckiger als bei den anderen und sie erholte sich nur sehr langsam. Irgendwann zog sie vom Kinderzimmer ins El-ternschlafzimmer und die Geschwister durften nicht mehr zu ihr. Marie stand damals stundenlang im kalten Vorhaus vor der verschlossenen Tür und hörte die sechs Jahre jüngere Schwester erbärmlich husten. Bis sie irgendwann nichts mehr hörte und die Mutter mit versteinertem Gesicht an ihr vorbei-schlich.

Die Tür öffnete sich und die beiden Herren stolperten fast über das Kindermädchen.

»Mein Gott, Marie! Was stehen Sie denn da so knapp bei der Tür?«

»Entschuldigen Sie, Herr Doktor. Ich mach mir solche Sor-gen um den Heini. Er kam mir heute früh schon ein bisschen still vor, vielleicht hätte ich ihn nicht in die Schule schicken dürfen?«

Der Hausarzt der Familie zwinkerte ihr zu. »Jetzt machen Sie sich mal keine Sorgen, es ist nicht so schlimm. Der junge Mann wird die Krankheit unbeschadet überleben. Man nennt es ›Rubeola‹, ein paar Tage rote Flecken, ein bisschen Fieber, und bald muss er wieder lernen, der Heini.«

Doktor Pollak behielt recht. Die nächsten Tage musste der Bub liegen, aber eigentlich ging es ihm viel zu gut für Bettruhe. Marie gab sich alle Mühe, ihn bei Laune zu halten. Kein Fußballspielen mit seinem Freund Paul, kein Herumtoben mit Lili, keine Spaziergänge mit dem Vater. Auch die kleine Schwester war unleidlich, weil sie nicht zu Heini ins Zimmer durfte.

Anna und Marie hatten alle Hände voll zu tun, um das Dienstmädchen zu ersetzen. Am Morgen Frühstück für die Herrschaften, der gnädigen Frau musste man den Tee meist ans Bett bringen, weil sie sich nicht wohl fühlte. Ein leichtes Mittagessen kochen, dazwischen aufräumen, putzen, die Wäsche machen. Am Abend waren oft Gäste da und Marie musste servieren, weil Anna sich standhaft weigerte, diese Aufgabe zu übernehmen. Marie liebte ihre Arbeit, war immer noch dankbar und glücklich, dass es sie zu dieser Familie verschlagen hatte, aber nun fühlte sie sich schon manchmal ziemlich erschöpft.

»OSKAR, WAS machst du heute nach der Arbeit?«

»Ich wollte ins Theater gehen. *Der Gaukler unserer lieben Frau.* Schauen, ob es noch Restkarten gibt.«

»Schade. Ich hab mir gedacht, wir dinieren mal zusammen und reden ein wenig.«

»Gibt es ein Problem? Hab ich was falsch gemacht?«

»Nein, mach dir keine Sorgen. Nur so allgemein ein bisserl reden. Über alles.«

»Über alles.« Oskar sah ihn ängstlich an. »Geh ich halt morgen ins Theater.«

»Fein, dann sperren wir hier zu und gehen in den Bürgerhof.«

Oskar war ziemlich aufgeregt, er hatte keine Ahnung, was Friedrich Stock mit ihm besprechen wollte. Sein Chef war sonst kein Freund großer Worte, Kritik und Lob äußerte er eher beiläufig. Manchmal hatte Oskar den Eindruck, Stock hebe sich sein Reden lieber für die Kunden auf, denn die mochten es natürlich, wenn der Buchhändler ein wenig mit ihnen plauderte.

Sie bestellten beide Bier und Gulasch. Oskar wollte zuerst nur eine Nudelsuppe, doch Stock meinte: »Bestell dir was Gscheites, bist eingeladen.« Dann nahm er einen großen Schluck von seinem Bier und holte einmal tief Luft.

»Ich wollte mit dir über deine Zukunft sprechen.«

»Ja?«

»Jetzt schau nicht so ängstlich. Glaubst du, ich schmeiß dich raus?«

»Nein, das nicht. Aber über welche Zukunft denn? Die nahe oder die ferne?«

»Das liegt an dir. Ich meine … mich würde interessieren, wie du dir dein Leben so vorstellst.«

»Na ja, ich arbeite bei Ihnen in der Buchhandlung. Oder?«

»Ja, sicher. Aber es gibt ja noch mehr als die Arbeit.«

Da wusste Oskar ganz genau, auf was Friedrich Stock hinauswollte. Und plötzlich fand er Gefallen daran, Stock nicht beizustehen. Er stellte sich absichtlich ahnungslos und wollte, dass der Ältere den ersten Schritt machte.

»Na ja, du musst ja auch mal an deine Zukunft denken.«

»Ja?«

»Man kann ja nicht immer alleine sein.«

»Ja?«

»Du bist doch jetzt in einem Alter …«

»Ja?«

»Jetzt sag nicht immer Ja, du dummer Bub. Du weißt doch genau, auf was ich hinauswill.«

»Ja … äh … nein.«

Beide waren froh, als der Ober das Essen servierte und damit ihr Gespräch kurz unterbrach.

Friedrich Stock zeigte mit der Gabel auf Oskar und nuschelte mit vollem Mund: »Also, was ist jetzt mit dieser Fanni?«

»Nichts ist mit dieser Fanni.«

»Aber das ist doch ein famoses Mädel.«

»Auf jeden Fall.«

»Aber?«

»Nichts aber.«

»Aber das wär doch eine gute Partie.«

»Also erstens ist die viel zu schick und reich und modern für mich.«

»Stell nicht immer dein Licht so unter den Scheffel.«

»Und zweitens interessiert sie sich gar nicht für mich.«

»Wie kommst du denn darauf?«

»Weil sie mir das gesagt hat.«

»Wie? Du warst *einmal* mit ihr aus und sie hat dir ins Gesicht gesagt, dass sie sich nicht für dich interessiert?« Friedrich Stock sah seinen jungen Angestellten ungläubig an.

»Na ja, indirekt. Sie hat gesagt, dass sie sich nicht für Männer interessiert.« Oskar wurde rot und beugte sich tief über seinen Teller.

»Das hat sie gesagt?«

»Ja.«

»Eine mutige junge Dame.«

»Das ist sie wirklich. Beeindruckend.«

»Aber trotzdem wäre so eine Verbindung gar nicht übel.«

»Wie meinen Sie das?«

»Schau mal. Sie wird irgendwann die Buchhandlung ihrer Eltern übernehmen. Und ich meine, ich rede von der *Verlagsbuchhandlung Gold*. Das ist ja nicht irgendein kleiner Buchladen, das ist ein Familienimperium. Das kann sie aber schlecht ohne Ehemann leiten. Und wo gibt es einen Ehemann, der sich mit Buchhandlungen auskennt?«

»Das ist nicht Ihr Ernst?«

»Sei doch mal gescheit. Die Golds hätten einen Schwiegersohn, Fanni hätte einen Gatten, und was hinter verschlossenen Türen passieren würde, müsste doch niemand erfahren.« Nach diesem Satz lehnte sich Stock zurück und trank seinen Bierkrug in einem Zug aus.

»Da sind Sie nicht der Erste, dem das einfällt.«

»Was meinst du?«

Und dann erzählte Oskar von seinem Besuch im Hause Gold. Ein paar Tage nachdem er mit Fanni in der Oper und danach im Sacher gewesen war, hatte er einen Brief bekommen – eine Einladung von Herrn Gold in sein Büro über der Buchhandlung am Kohlmarkt. Als Oskar pünktlich eintrat, sprang der

75

alte Buchhändler von seinem Schreibtischsessel auf und begrüßte ihn wie einen lange nicht gesehenen Freund. Sie setzten sich in eine kleine Sitzgruppe in der Fensternische – Gold musste erst die Bücherstapel zur Seite räumen – und eine Sekretärin servierte ihnen Tee. Ohne Umschweife kam Jakob Gold zur Sache: »Mein lieber junger Freund. Ich will gar nicht erst groß herumreden, ich bin eher der direkte Typ. Sie waren ja mit meiner Tochter Fanni unlängst aus. Sie hat den Abend sehr genossen und nur das Beste über Sie gesprochen.«

Oskar bedankte sich höflich für die Einladung, trank einen Schluck Tee und wartete ab.

»Wissen Sie, ich will Ihnen nichts vormachen. Meine Frau und ich sind zwar nicht mehr jung, aber wir sind sehr modern und haben es inzwischen akzeptiert, dass unsere Tochter nicht den normalen Weg geht, wenn Sie verstehen, was ich meine.«

»Ich glaube schon.«

»Aber Sie wissen auch, dass es für eine Frau sehr schwierig wäre, so ein großes Unternehmen wie das unsere allein zu führen. Ganz ohne männlichen Beistand, meine ich.«

»Ihr Fräulein Tochter würde das wahrscheinlich schaffen, oder?«

»Ja, an ihr würde es sicher nicht scheitern, aber was würden die Leute sagen? Die Kollegen, die Geschäftspartner?«

»Wahrscheinlich haben Sie recht, aber warum erzählen Sie mir das?«

»Weil Sie der perfekte Ehemann für unsere Fanni wären.«

»Pardon?«

»Ja, Sie haben schon richtig gehört. Sie sind ungebunden, gebildet, sehen nicht schlecht aus, sind im richtigen Alter, haben keine Familie und Sie sind Buchhändler. Und für Sie wäre es eine eindeutige Verbesserung Ihrer Lebenssituation.«

»Aber Fanni will mich doch gar nicht! Und wo bleibt denn da die Liebe?«

76

»Die Liebe, die Liebe! Die besten Ehen sind die Vernunftehen und außerdem: Wer sagt denn, dass die Liebe nicht auch entstehen kann?«

Oskar spürte, wie ihm das Blut ins Gesicht schoss, er beugte sich vor und nahm seine fast leere Teetasse in die Hand. Er trank den letzten kleinen Schluck, fuhr mit dem Zeigefinger den schmalen Goldrand entlang, bevor er sein Gegenüber wieder anschaute und sagte: »Herr Gold, es tut mir sehr leid, aber so was kann ich nicht. Außerdem gibt es da jemand anderen.«

»Wir müssen nichts überstürzen, mein lieber Herr Oskar. Fanni geht jetzt erst mal auf eine große Reise. Wer weiß, vielleicht ändern Sie ja Ihre Meinung, wenn sie zurückkommt. Oder Fanni ändert sich.«

Nach dem Gespräch blieb Oskar noch lange in der großen Buchhandlung, beobachtete die stöbernden Kunden und die fleißig arbeitenden Angestellten. Er strich um die Tische mit den Neuerscheinungen und studierte die Beschriftungen an den Regalen. Hier gab es ganze Abteilungen für Themen, von denen bei ihnen im Laden lediglich zwei, drei Bücher standen. Atlanten, prachtvolle Bildbände … Allein die Kinderbuchabteilung war so groß wie die halbe Buchhandlung in der Währinger Straße. Von den aktuellen Titeln hatte man hier große Stapel auf Tischen liegen, Stock hingegen fand sich immer schon maßlos, wenn er von einem Buch eine Partie, also zehn Stück auf einmal, einkaufte.

»Also – ich war dann auch noch in der Buchhandlung. Das ist schon schön da«, beendete Oskar seinen Bericht über die Begegnung mit Fannis Vater.

»Das will ich doch meinen. Ich meine, in so einen Betrieb einzuheiraten, das ist doch wie ein Lotteriegewinn!«

Oskar wischte mit der Hand über die raue Oberfläche des Tisches. Dann gab er sich einen Ruck, sah Friedrich Stock fest in die Augen und sagte: »Aber ich kann das nicht! Keinesfalls.«

»Das lernt man. Alle haben mal klein angefangen.«

»Das mein ich doch nicht. Ich kann nicht eine Frau heiraten, die ich nicht liebe«, sagte er. Leiser fügte er hinzu: »Und die nichts von mir wissen will.«

»Ja, das versteh ich schon.« Stock seufzte und lächelte Oskar an. »Ich hätt's mir schön vorgestellt, also nicht für mich, aber für dich. Was macht eigentlich deine Liebe?«

»Meine Liebe?« Oskar spürte, wie seine Wangen rot anliefen, und war über die schummrige Beleuchtung in der Gaststube froh.

»Stell dich nicht so dumm. Dein Kindermädchen.«

»Ich hab sie recht lieb.«

»Aber glaubst du denn, sie ist die Richtige?«

»Wie weiß man das? Jedenfalls muss ich immer an sie denken, und wenn wir uns sehen, bin ich erst recht aufgeregt und dann glücklich.«

»Das klingt ernst. Aber glaubst du denn, es hat eine Zukunft?«

»Na ja, wir haben ja beide nichts. Wissen Sie, sie hat zu ihren Eltern seit Jahren keinen Kontakt, ist quasi weggelaufen von diesem Mühlviertler Bauernhof. Und ich komm mit dem, was ich verdiene, ganz gut über die Runden. Allein halt.«

»Darüber wollte ich ohnehin mit dir reden.«

»Über was?«

»Na ja, über deine und meine Zukunft. Schau, ich werd schön langsam ein älterer Herr und muss mir überlegen, was aus dem Laden wird, wenn ich nicht mehr bin.«

»Sie sind doch kein älterer Herr!«

»Mein Vater ist gestorben, da war er fünf Jahre älter, als ich jetzt bin.«

»Ja, aber das heißt ja nichts.«

»Trotzdem muss man darüber nachdenken.«

Und dann erklärte Stock ihm kurz und bündig, dass Oskar

die Buchhandlung, die seit zwei Generationen im Besitz der Familie Stock war, einmal übernehmen werde. Dass er dies seit Jahren geplant habe und Oskar der logische Nachfolger sei und es daran keinen Zweifel gebe.

»Ich habe ja keine Kinder. Und auch wenn du spät zu mir gekommen bist, irgendwie bist du trotzdem wie ein Sohn für mich.«

Oskar war so gerührt, dass er nur mit großer Mühe die Tränen zurückhalten konnte. »Sie sind auch wie ein Vater für mich. Wenn ich Sie nicht gehabt hätte.«

Friedrich Stock räusperte sich. »So, genug mit dem ganzen Kitsch hier. Du wirst einmal die Buchhandlung übernehmen und Schluss. Ob das was Gutes ist, weiß ich nicht, sie erzählen uns ja seit Jahren, dass immer weniger gelesen wird und dass die Buchhandlungen sterben werden. Das ist dann hoffentlich nicht mehr mein Problem.«

Oskar konnte sich noch so gut daran erinnern, wie ihn Friedrich Stock damals, an seinem fünfzehnten Geburtstag, aus dem Heim abgeholt hatte und sie gemeinsam die Buchhandlung betreten hatten. Oskar hatte mitten im Verkaufsraum gestanden und war so ergriffen gewesen, dass er kein Wort rausgebracht hatte. Friedrich Stock hatte ihn einfach in Ruhe gelassen, begonnen, irgendeine Kiste auszupacken, und so getan, als wäre der Junge gar nicht da. Und nun sollte das alles seins werden?

»Ich weiß gar nicht, was ich sagen soll.«

»Nichts sollst du sagen. Fleißig arbeiten sollst du, so wie bisher. Und dann müssen wir zum Notar.«

»Warum zum Notar?«

»Nun, weil ich dich als Teilhaber eintragen lassen will. Ich möchte nicht warten, bis ich alt und krank bin oder tot umfalle. Ich möchte, dass wir Partner werden.«

»Herr Stock ... das ist so ... ich weiß nicht, wie ich Ihnen danken soll.«

»Zunächst mal sagst du *Du* zu mir. Das ist das Mindeste unter Partnern. Und dann musst du noch ganz viel lernen. Du bist zwar ein guter Verkäufer und hast viel gelesen, aber von Buchhaltung zum Beispiel hast du keine Ahnung.«

»Ja. Ich lerne alles!«

»Ich würde sagen, du verdienst ein bisschen mehr als bisher, dafür brauchst keine Stunden mehr aufschreiben. Wenn's viel Arbeit gibt, bleibst länger, wenn's nicht notwendig ist, hast frei. Wir machen uns das einfach untereinander aus, wir sind jetzt Partner.«

»Herr Stock?«

»Friedrich!«

»Friedrich?« Das kam Oskar nur schwer über die Lippen.

»Ja?«

»Ich bestell noch eine Runde Bier. Und einen Schnaps.«

»Mach das, mein Sohn, mach das.«

Der Abend wurde lang, sie tranken noch ein paar Biere und redeten über die Buchhandlung. Beide waren augenscheinlich zufrieden, alles Persönliche besprochen zu haben. Friedrich Stock erwähnte Fanni Gold mit keiner Silbe mehr und auch Oskar war froh, dass er keine Fragen über Marie mehr beantworten musste. Sie fühlten sich beide sehr viel wohler, wenn sie über Umsatzzahlen, notwendige Renovierungsarbeiten und Buchpreise sprachen und alles Private ausblenden konnten.

Erst als sie kurz vor Mitternacht auf die Gentzgasse traten, spürte Oskar, dass ihm der Alkohol zu Kopf gestiegen war. Alles sah aus wie hinter einer Nebelwand und eine leichte Übelkeit ließ ihn flach atmen. Er war das erste Mal in seinem Leben betrunken. Stock nahm ihn behutsam am Arm und zog ihn langsam weiter. »Na, Partner? Hast ein bisschen tief ins Glas geschaut? Geht's?«

»Ja, ja, geht gleich wieder. Mir ist nur ein bisschen schwindelig.«

»Heut Nacht schläfst bei mir auf dem Sofa. Dann hast's morgen früh auch nicht so weit.«

Der Gedanke, noch irgendwie in den zweiten Bezirk zu kommen, ließ Oskar dankbar zustimmen. Friedrich Stock wohnte gegenüber der Buchhandlung und zehn Minuten später lag Oskar auf einem harten Kanapee, bedeckt von einer dünnen, viel zu kurzen Decke. Er schlief innerhalb von Sekunden ein.

»MARIE, DER VATER hat mir versprochen, dass wir in die Menagerie gehen, wenn ich eine gute Note im Diktat habe.«

»Hast du denn eine gute Note im Diktat?«

»Ich habe einen Einser!« Heini pflanzte sich vor dem Kindermädchen auf und blickte es herausfordernd an.

Sie spielten im Garten, warfen einen Ball hin und her, doch Heini war nicht so recht bei der Sache und schoss immer wieder absichtlich an seiner kleinen Schwester vorbei. Die holte den Ball jedes Mal geduldig unter der Hecke hervor.

»Sehr brav, Heini, da wird sich der Vater aber freuen.«

»Und ich darf in den Tierpark. Ich war noch nie im Tiergarten! Da gibt es Giraffen und Löwen und Elefanten. Und ...«, er rollte bedeutungsvoll mit seinen Augen, »... einen Ameisenbären.«

»So, so, einen Ameisenbären.« Marie hatte keine Ahnung, wie so ein Tier aussehen könnte, fand den Namen aber lustig.

»Ich zeig dir gleich einen Ameisenbären«, rief sie und warf Heini den Ball zu.

»Lili will auch Tiergarten!« Die kleine Schwester hatte Angst, dass es wieder einen Ausflug ohne sie geben könnte, sie stampfte schon mal vorbeugend mit dem Fuß und schaute finster.

»Na, na, na, junge Dame. Wer wird denn so grantig schauen?« Arthur und Olga Schnitzler waren auf die Veranda getreten und betrachteten die spielenden Kinder.

»Vater, ich will in den Tiergarten! Du hast es versprochen. Du hast gesagt, wenn ich einen Einser im Diktat habe, darf ich mir was wünschen.«

»Ja, in der Tat, mein Sohn, das hab ich gesagt. Du hast also einen Einser im Diktat? Sehr gut. Und was wünschst du dir?«

»Hab ich doch schon gesagt. Einen Ausflug in den Tiergarten.«

»Lili auch.« Lili war die Treppe zur Terrasse raufgelaufen und klammerte sich an die Beine ihres Papas. Der hob sie hoch und küsste sie.

»Und mit wem willst du in den Tiergarten?«

»Mit dir.« Heini sah seine Mutter von der Seite her an. »Und mit Mama. Und mit Marie.«

»Das geht aber nicht, mein Sohn. Ich habe die nächsten Tage gar keine Zeit. Und deine Frau Mama und ich wollten noch mal an den Semmering reisen.«

»Dann geh ich eben mit Marie. Und Lili darf auch mit. Gell, Lili, wir gehen mit der Marie in den Tiergarten. Und den Oskar, weißt schon, den netten Buchhändler, den können wir doch auch mitnehmen, der kann Marie helfen, auf Lili aufzupassen. Damit sie nicht verloren geht.«

»Das letzte Mal warst du es aber, der verloren gegangen ist«, sagte Olga Schnitzler und warf Marie einen strengen Blick zu. Der wurde sofort wieder übel, als sie daran dachte, wie sie den Buben am Christkindlmarkt verloren hatte. Sie hatte gedacht, sie würde ihn nie wieder sehen. Nach stundenlangem Suchen war sie damals schließlich ohne ihn nach Hause gefahren und der Bub hatte den Weg ganz allein gefunden.

»Darüber sprechen wir noch. Jetzt beruhige dich mal, den Tiergarten Schönbrunn gibt es schon über hundertfünfzig Jahre, den wird's noch länger geben.«

Nachdem die Kinder im Bett waren, riefen die Herrschaften nach dem Kindermädchen. Marie war es immer ein wenig unbehaglich, wenn sie das Wohnzimmer betrat. Sie wusste nie so genau, was von ihr erwartet wurde. Sollte sie sich setzen oder war das ein Verstoß gegen die Etikette? Sie blieb in der Nähe der Tür stehen.

»Also, meine Liebe, Sie haben ja gehört, was der Heini sich wünscht.«

»Jawohl, gnädiger Herr.«

»Ich finde, wir sollten ihm diesen Wunsch erfüllen, er war recht tüchtig in der Schule in der letzten Zeit.«

»Ja, das finde ich auch. Er hat sich deutlich verbessert.«

»Das liegt natürlich auch an Ihnen, Marie. Sie geben den Kindern Ruhe und Sicherheit.«

Marie wurde ganz verlegen. »Vielen Dank, Herr Doktor.«

»Setzen Sie sich doch kurz zu uns.« Olga Schnitzler nahm eine Zeitung vom Fauteuil und machte eine einladende Handbewegung. Marie setzte sich auf die Kante des Sessels.

»Wir finden, Sie machen Ihre Sache sehr gut. Ich meine, Sie sind noch sehr jung und haben nicht viel Erfahrung. Aber die Kinder lieben Sie.«

»Ich hab die beiden auch sehr gern. Es sind ganz wunderbare Kinder.«

»Heini muss ja dieses Jahr die Aufnahmeprüfung fürs Gymnasium machen.«

»Ja, ich weiß, aber das schafft er, er ist so ein gscheiter Bub. Und ich schau schon, dass er brav lernt.«

»Und die Lili? Sie scheint mir recht starrsinnig.« Die gnädige Frau war aufgestanden und ans Fenster getreten, Marie sprang ebenfalls auf. »Bleiben Sie doch sitzen. Ich bin nur ein bisschen nervös«, sagte Olga Schnitzler und blickte in den Garten.

»Lili ist ganz normal für ihr Alter. Da müssen die Kinder doch ausprobieren, was sie erreichen können. Das war bei meinen kleinen Geschwistern nicht anders.« Marie fühlte sich nach dem Lob wieder etwas sicherer und war selbst ganz erstaunt, dass sie ihre eigene Familie in die Unterhaltung einbrachte.

»Wie viele Geschwister haben Sie denn?«

»Sehr viele, Herr Doktor«, lachte sie. »Bei uns war immer die ganze Küche voller Kinder.«

»Wie auch immer – schaffen Sie es denn, mit den beiden in die Menagerie zu fahren?«

»Ich glaube schon.«

»Wir verreisen noch mal, ich brauch ein wenig Luftveränderung und Heini wird keine Ruhe geben, schließlich habe ich es versprochen.«

»Ja, ich glaube, da bleibt er hartnäckig.« Marie lächelte, als sie an den durchsetzungskräftigen jungen Mann dachte.

»Es ist aber eine weite Anreise dahin, das wird anstrengend.«

»Die Kinder sind ja beide gut zu Fuß. Und ich bin stark und kann Lili weit tragen.«

»Vielleicht haben Sie eine Freundin, die Sie begleiten könnte?«

»Nein, habe ich leider nicht.«

»Heini hat gemeint, ob nicht dieser junge Buchhändler mitkommen könnte? Der Bub scheint ihn zu mögen.«

Bevor Marie antworten konnte, klinkte sich Olga Schnitzler wieder ins Gespräch ein. »Ich halte das für keine gute Idee, Arthur«, sagte sie mit scharfem Unterton.

»Jetzt beruhige dich, Liebste. Es war ja nur eine Idee. Mir wäre wohler, wenn Marie nicht allein mit den Kindern auf die andere Seite der Stadt fahren würde.«

»Ja, aber ich finde es nicht richtig, dass wir das Kindermädchen mit ihrem Galan und unseren Kindern losschicken.«

»Gnädige Frau, wenn ich was sagen darf – er ist nicht mein *Galan*.« Marie wusste gar nicht so recht, was das Wort bedeutete. »Wir sind nur befreundet.«

»Ja, ja, das heißt es immer. Ich finde, ein schwangeres Dienstmädchen reicht.«

Nun war Marie aus dem Sessel aufgesprungen, die Röte stieg ihr ins Gesicht, diesmal aber nicht aus Verlegenheit, sondern weil sie sich so ärgerte. »Entschuldigen Sie, gnädige Frau, das ist eine Unterstellung und ich muss Sie bitten, mich nicht mit einem schwangeren Dienstmädchen in einen Topf zu werfen. Ich bin eine anständige Frau.«

»Meine Damen, meine Damen. Jetzt beruhigen Sie sich erst mal wieder.« Arthur Schnitzler war nun ebenfalls vom Sofa aufgestanden und breitete die Arme aus. »Niemand unterstellt Ihnen etwas, Marie. Meine Gattin ist nur etwas angespannt, die Nerven, Sie verstehen? Wir glauben Ihnen natürlich, dass Sie ein anständiges Mädchen sind, ich zweifle nicht im Geringsten daran.« Er ging zu seiner Frau und legte den Arm fürsorglich um sie. »Olga, beruhige dich. Ich finde, es wäre eine gute Idee, wenn der junge Buchhändler mitkäme. Er ist ein patenter junger Mann, sehr gebildet und Heini hätte eine große Freude.« Und zu Marie gewandt: »Gehen Sie jetzt ruhig schlafen, wir sprechen morgen noch einmal darüber.«

Marie war ganz aufgeregt, sie dachte voll schlechtem Gewissen an den Kuss, den sie mit Oskar auf der Gasse ausgetauscht hatte, aber das war doch nicht dasselbe! Es war zwar aufregend, aber irgendwie auch so … so unschuldig. Es fühlte sich in keiner Weise schlecht oder verdorben an und niemals würde sie weiter gehen.

An Schlaf war nicht zu denken. Marie verließ noch einmal ihr Zimmer unterm Dach, um sich unten in der Küche eine Tasse Tee aufzubrühen. Wie konnte die gnädige Frau die Spaziergänge, auf denen sie sich unterhielten, das behutsame Kennenlernen zwischen Oskar und ihr, nur mit der schwangeren Sophie in Verbindung bringen! Marie ärgerte sich sehr, zumal ihr Anna ja immer wieder erzählt hatte, dass beide, sowohl der Herr Doktor als auch seine Gattin, eine durchaus bewegte Vergangenheit hätten.

Als sie mit der Teetasse durch das Vorzimmer ging, hörte sie durch den Türspalt das Ehepaar Schnitzler miteinander reden. Ohne groß nachzudenken, stellte Marie die Teetasse auf einer

Treppenstufe ab und schlich ein wenig näher. Sie hörte, wie der Doktor gerade sagte: »… musst dir keine Sorgen … so ein ungebildetes Mädchen … der ist ja nicht dumm.« Marie hielt die Luft an. Die gnädige Frau erwiderte etwas, doch Marie konnte nichts verstehen.

Und dann wieder der Doktor: »Ich hab ihn unlängst im Sacher gesehen. Spät am Abend. Du weißt schon, vor ein paar Wochen, als ich mit Richard, Hugo und Felix nach dem Theater da war. Da war dieser Oskar auch im Sacher, er ist gerade gegangen, an seinem Arm eine sehr aparte, junge Frau. Der Felix kannte die sogar, sie ist die Tochter vom Gold, die große Buchhandlung am Kohlmarkt. Ein wirklich hübsches Mädel und eine echt gute Partie. Also – der wär doch blöd, wenn er stattdessen unser Kindermädchen nehmen würd.«

Marie schlug beide Hände vor den Mund und rannte die Stiege hinauf. Sie schlug die Tür zu ihrer Kammer zu und setzte sich auf das schmale Bett. Der Tee stand noch auf der Treppe, doch sie konnte da nicht mehr runter, konnte ihr Zimmer nicht mehr verlassen.

In Maries Kopf war ein wildes Durcheinander, sie wusste nicht, was sie denken sollte. Wahrscheinlich war das alles ein Missverständnis, oder aber der Doktor hatte Oskar verwechselt? Das war allerdings eher unwahrscheinlich, schließlich war er ein Schriftsteller, also ein genauer Beobachter, er würde sich nicht so irren. Vielleicht war das Treffen geschäftlich gewesen? Aber Schnitzler meinte doch, es sei schon recht spät gewesen. Und die junge Dame sehr *apart*, *eine gute Partie*. Sie nahm das Buch zur Hand, den Gedichtband, den Oskar ihr im Dezember geschenkt hatte, gleich nachdem sie sich kennengelernt hatten. Sie blätterte darin, als könnte ihr Rilke irgendwelche Antworten geben. Aus dem Buch fielen die Briefe, die Oskar ihr geschrieben hatte, und obwohl sie die schon Hunderte Male durchgelesen hatte, las sie sich wieder fest.

Es war spät, als sie endlich einschlief, im Traum spazierte sie alleine durch eine Herde Elefanten und Giraffen, und irgendwo, ganz hinten, sah sie Oskar, im Arm eine Frau, deren Gesicht sie nicht erkennen konnte.

Am nächsten Tag war mal wieder Abreise. Wie immer war Heini grantig, er mochte es nicht, wenn seine Eltern wegfuhren, und trödelte beim Frühstück endlos herum. Fünf Minuten nachdem er das Haus in Richtung Schule verlassen hatte, klingelte er Sturm, weil er den Turnbeutel vergessen hatte. Marie hatte nicht viel Geduld mit den Kindern, sie fuhr Heini an und erklärte Lili, dass sie heute nicht mit ihr spielen könne, weil sie der gnädigen Frau beim Packen helfen müsse. Die konnte sich nicht entscheiden zwischen ihren vielen Kleidern, immer wieder musste Marie Röcke und Blusen aus dem Schrank nehmen, sie aufs Bett legen, um sie dann wieder wegzuräumen. Dabei dachte sie an die arme Sophie: Das war normalerweise die Aufgabe des Dienstmädchens, auch kein leichtes Leben.

Kurz bevor die Herrschaften endlich aufbrachen, nahm der Doktor Marie zur Seite, reichte ihr ein Kuvert und sagte: »Hier ist das Geld für den Besuch im Tiergarten. Es müsste für Sie, die Kinder und den Herrn Oskar reichen.«

Marie zog die Augenbraue hoch, sagte nichts und steckte den Umschlag unter ihre Schürze.

»Ja, gehen Sie ruhig mit den Kindern am Sonntag in die Menagerie. Ich hoffe, Ihr Begleiter hat Zeit. Warten Sie, ich kann ihn rasch anrufen und fragen, er ist sicher schon im Geschäft. Oder möchten Sie?«

Marie schaute ihn ungläubig an. »Ich? Nein! Diesen Apparat werde ich nie berühren.«

»Das sagen Sie jetzt. In ein paar Jahren wird es in jedem Haushalt einen Fernsprechapparat geben.«

Marie hörte zu, wie der gnädige Herr in den schwarzen Hörer sprach: »Meine Verehrung, Herr Stock. Hier spricht Arthur Schnitzler. … Ja, ausgezeichnet. … Nein, ich möchte kein Buch bestellen … Sagen Sie, Ihr junger Kollege, der Herr Oskar, ist der schon im Haus? … Ja, wunderbar. Vielen Dank, meine Verehrung.« Und dann sprach er mit Oskar, erzählte ihm vom Plan, die Kinder und Marie in den Tiergarten zu begleiten, und nach wenigen Sätzen legte er auf und lächelte zufrieden.

»Ja, er kann und freut sich. Er holt Sie am Sonntag um zehn Uhr ab.«

Maries Herz klopfte, sie hoffte, der Doktor bemerkte ihre Verstimmung nicht.

»Danke schön. Ich freue mich. Ich wünsche Ihnen eine schöne Reise.«

Marie wünschte sich fürs Wochenende inständig schlechtes Wetter. Es sollte regnen wie aus Kübeln, so sehr, dass ein Tiergartenbesuch gar nicht erst zur Debatte stehen würde. Wie sollte sie Oskar gegenübertreten, nach dem, was sie gehört hatte? Sie war inzwischen davon überzeugt, dass er mit dieser geheimnisvollen Buchhändlerstochter liiert war und mit ihr nur ein Spiel trieb. Wahrscheinlich war *sie* für ihn nur der kleine Nervenkitzel, das dumme Mädel vom Land, mit dem er sich ein wenig amüsieren wollte, bevor er sich fest an eine Frau binden würde. Wie dumm sie nur gewesen war! Wie hatte sie nur annehmen können, dass sich ein so gebildeter, ehrgeiziger junger Herr für so eine Bauerntochter wie sie interessieren könnte? Nachts lag sie stundenlang wach und malte sich aus, welch angeregte Gespräche er mit dieser Frau führte: Literatur und Theater, Oper und Politik, all die Themen, bei denen sie nicht mithalten konnte.

Am Sonntag wachte Heini schon im Morgengrauen auf. Er sprang auf Maries Bett, setzte sich ans Fußende und steckte seine kalten Füße unter ihre Bettdecke. Das hatte er noch nie gemacht und Marie musste trotz der frühen Stunde lachen.

Schon rief auch Lili aus dem Nebenzimmer, seit Tagen sprach sie von nichts anderem als vom *Elefanten mit der großen Nase* und Heini verbesserte sie ständig und erklärte seiner kleinen Schwester, dass das keine Nase, sondern ein Rüssel sei. Heini sammelte alles mögliche Material über den Tiergarten, er wusste auswendig, welche Tiere es zu besichtigen gab, und zählte sie ständig auf: Tapir, Giraffe, Nashorn, Flusspferd, Panther und vieles mehr. In der Enzyklopädie aus dem Arbeitszimmer seines Vaters zeigte er Marie und Lili immer wieder Bilder der Tiere.

Der Himmel war strahlend blau, es würde ein herrlicher Frühlingstag werden, keine einzige Regenwolke war in Sicht und schließlich ließ sich Marie von der Aufregung der Kinder anstecken. Anna bereitete Jause für mindestens drei Tage zu und Heini ließ es sich nicht nehmen, alles in seinen Wanderrucksack zu packen. Pünktlich um zehn Uhr klingelte es und Oskar stand vor der Tür. Er trug Kniebundhosen und hielt seine Mütze verlegen in beiden Händen. Die Kinder begrüßten ihn wie einen lang vermissten Onkel, Marie war froh über die Aufregung und den Tumult und nickte ihm lediglich zu.

Wie eine kleine Familie zogen sie los in Richtung Stadtbahn. Marie kam es seltsam vor, das Geld zu verwalten und für alle die Tickets zu kaufen. Die Kinder waren bester Laune, allein schon die Fahrt mit der Gürtellinie und das Umsteigen in die Obere Wientallinie war für sie so aufregend, dass sie nur mit Mühe auf ihren Sitzplätzen zu halten waren.

Marie hielt sich immer ein wenig abseits von Oskar, saß und ging möglichst zwischen den beiden Kindern, hörte ihnen aufmerksam zu und beantwortete geduldig all ihre Fragen. Oskar schien es nicht zu stören, er blickte sie immer wieder liebevoll an und versuchte sich ins Gespräch einzuklinken.

Und endlich – der Tiergarten! Heini war nicht mehr zu halten, riss sich von Maries Hand und lief los, hin zum ersten Gehege. Lili hingegen wollte plötzlich auf den Arm und war eingeschüchtert. Als die Kleine das riesige Flusspferd in seinem Graben erblickte, drückte sie ängstlich ihr Gesicht an Maries Schulter.

»Geht ihr beiden vor. Lili und ich schauen uns inzwischen noch ein paar harmlosere Tiere an«, sagte Marie zu Oskar und die beiden zogen davon.

Sie ging mit Lili zu einem Gehege mit verschiedenen Schweinen, die schienen das kleine Mädchen nicht zu ängstigen. Als sich ein großes Schwein genüsslich im Schlamm wälzte, lachte Lili laut auf.

»Na, Lili, das wär was, wenn du da reinspringen würdest, mit deinem schönen weißen Kleiderl.«

»Ja, Mama schimpfen«, sagte Lili ernst und ließ sich immer wieder die Beschriftungen auf dem Zaun vorlesen.

»*Ostasiatisches Borstenschwein, ostafrikanisches Pinselschwein, ostafrikanisches Flussschwein, ostafrikanisches Warzenschwein, amerikanisches Halsband-Nabelschwein, Weißkiefer-Nabelschwein* ... komm, Lili, wir suchen jetzt einmal deinen Bruder.«

Vor dem Affengehege trafen sie sich wieder, Lili hatte sich gefasst und die Kinder waren nicht mehr wegzubekommen. Da fühlte Marie eine Berührung, ganz zart an ihrer Schulter, und sie hörte, wie Oskar leise zu ihr sagte: »Was hast du eigentlich? Bist du bös auf mich?«

»Pst, sei ruhig, sie können uns hören«, erwiderte Marie und laut rief sie nach den Kindern: »Heini, Lili, kommt ihr jetzt? Wir setzen uns da drüben auf eine Bank und essen unsere Jause.«

Oskar blickte sie fragend an und plötzlich kam Marie alles so lächerlich und dumm vor, dass sie ihn am liebsten umarmt hätte.

Heini blätterte begeistert in seinem *Führer durch die Menagerie*, ein Heft, das ihm Marie am Eingang für eine Krone und fünfzig Heller gekauft hatte. »Die Affen trinken Kaffee! Wie die Anna! Hört mal zu, ich lese euch vor, was die alles fressen:

Sie erhalten frühmorgens außer ihrem Kaffee Weißbrot mit Bisquit, mittags in Milch gedünsteten Reis, gekochten Mais und Kartoffeln, grünes Gemüse und den Jahreszeiten entsprechend frisches Obst der verschiedenen Art, ferner Feigen, Sämereien, rohe Eier und anderes mehr. Am Nachmittag außer dem russischen Tee Weißbrot und Feigen, ferner sonstige Südfrüchte genau in der Auswahl, welche die Eigenart der Affenspezies angezeigt erscheinen lässt.«

Der Höhepunkt für alle war der Besuch des Elefantengeheges. Heini hatte alles gelesen – oder besser gesagt: auswendig gelernt –, was man über Elefanten wissen musste, stellte sich vor das Gehege und dozierte wie ein kleiner Professor: »So ein Elefant wiegt zwischen zwei und fünf Tonnen und jeden Tag frisst er über zweihundert Kilogramm Pflanzen. Das dauert den ganzen Tag. Schon bei der Geburt wiegt das Baby zweihundert Kilogramm. Und das dahinten, das ist ein Kind, das ist Mädi, die ist fünf Jahre alt. Und das Baby, schaut mal, das Baby! Das ist die Gretl.«

»Was du alles weißt, Heini!« Oskar zeigte sich beeindruckt und der Bub schien vor Stolz ein paar Zentimeter zu wachsen. Lili war ungewöhnlich ruhig. Still und ohne sich zu rühren, stand sie am Zaun und betrachtete nachdenklich die riesigen Tiere. Es hatte ihr im wahrsten Sinne des Wortes die Sprache verschlagen. Marie erging es ähnlich. Sie war mit Tieren aufgewachsen: ein paar magere Kühe im Stall, ein alter Ackergaul und hin und wieder ein Schwein, das immer schnell geschlachtet wurde. Dagegen war das hier schier unglaublich!

Ein paar Stunden später konnten sie Heini endlich dazu überreden, die Heimreise anzutreten. Ihm war immer wieder ein Tier eingefallen, das er noch nicht – oder noch nicht *richtig* – gesehen hatte. Zuerst musste er ein weiteres Mal zu den Bären, schließlich hatten die vorhin geschlafen und er hatte gar nichts sehen können. Dann fiel ihm ein, dass er die Seelöwen verpasst hatte. Und schließlich wollte er ein letztes Mal zu den Raubkatzen, da waren sie zuvor nicht richtig nah rangekommen, weil zu viele Menschen davorgestanden hatten und Lili sich vor dem schwarzen Panther gefürchtet hatte. Die Kleine war mittlerweile auf Maries Arm eingeschlafen – vor dem Pavillon, in dem die Käfige mit den Papageien untergebracht waren, wollte sie hochgenommen werden, schmiegte das Köpfchen in die Halsbeuge ihres Kindermädchens und Sekunden später fielen ihr auch schon die Augen zu.

Der schwarze Panther in seinem kleinen Gehege lief in einer einzigen fließenden Bewegung immer wieder die Stäbe ab. Hin und wieder blieb er stehen und warf einen Blick auf die Menschentraube vor seinem Käfig. Er wirkte gar nicht gefährlich, schaute verwirrt und ungläubig durch das Gitter, bevor er seinen endlosen Marsch wieder aufnahm.

»Erinnerst du dich an das Buch, das ich dir geschenkt habe? Von Rilke?«

»Natürlich erinnere ich mich an das Buch. Warum fragst du so?« Maries Antwort war recht scharf ausgefallen, Oskar blickte sie verwundert an.

»Entschuldige bitte. Also der Rilke, der hat ein sehr schönes, trauriges Gedicht geschrieben, über so einen eingesperrten Panther. Ich kann es leider nicht auswendig. Nur zwei Zeilen: *Ihm ist, als ob es tausend Stäbe gäbe und hinter tausend Stäben keine Welt.*«

»Sehr schön. Ich bin trotzdem recht froh, dass es da Stäbe gibt zwischen ihm und uns. Könntest du mal das Kind nehmen? Ich hab schon so Kreuzweh.«

»Natürlich, wie dumm von mir. Gib sie her. Warte, vorsichtig, damit sie nicht aufwacht.« Marie übergab ihm die schlafende Lili, und als sich ihre Arme berührten, fühlte Marie seine Wärme so intensiv, dass sie schnell einen Schritt zurücktrat.

Während des Heimwegs waren sie alle schweigsam. Heini blätterte in seinem Tiergartenführer, dazwischen blickte er abwesend aus dem Fenster der Bahn. Oskar hielt die schlafende Lili auf dem Schoß, und wenn Marie ihren Kopf an die Polster des Sitzes lehnte, merkte sie, wie auch ihr die Augen zufielen.

Auf dem Weg von der Bahn in die Sternwartestraße wachte Lili wieder auf und war ganz enttäuscht, dass sie nicht mehr im Tiergarten waren. Voll neuer Lebenskraft rannte sie auf dem Trottoir hin und her und rief: »Ich bin Gretl und ich bin ein Elefant und fresse ganz viel Gras!«

Die Kinder stürmten ins Haus, Anna erwartete sie schon und begrüßte sie mit den Worten: »Da seid ihr ja endlich. Ihr müsst am Verhungern sein. Kommt rein, es gibt Eiernockerl.«

»Anna! Du hast uns doch Jause eingepackt, da hätten wir noch die Affen mitfüttern können«, lachte Marie und freute sich dennoch über die warmherzige Begrüßung. Dieses Haus war so rasch zu ihrem Heim geworden, ein Ort, der Wärme und Behaglichkeit ausstrahlte, und ein wichtiger Teil davon war Anna, die gute Seele des Hauses.

»Lili, Heini, zieht euch die Schuhe aus. Und Händewaschen nicht vergessen.« Als Anna wieder mal versuchte, streng zu sein, fiel ihr Blick auf Oskar, der unschlüssig in der Tür stand. »Was stehen Sie hier so rum wie bestellt und nicht abgeholt? Rein mit Ihnen, Hände waschen, es gibt genug Nockerl für alle.«

»Ich weiß nicht recht, ich glaube, ich geh lieber nach Hause.« Wieder hielt er verlegen seine Schiebermütze in den Händen.

»Kommt überhaupt nicht infrage, junger Mann. Jetzt wird erst mal gegessen. Nach Hause können Sie dann immer noch gehen.«

Oskar warf einen unsicheren Blick auf Marie, die zuckte mit den Schultern und zischte: »Eiernockerl am Küchentisch.

Ich weiß nicht, ob ihm das gut genug ist. Der soupiert lieber im Sacher.«

Die Köchin sah Oskar verständnislos an, dann warf sie Marie einen fragenden Blick zu, doch die verschwand ohne Erklärung mit den Kindern im Badezimmer.

Sie deckten den Küchentisch, und als alle sich aus der großen Porzellanschüssel in der Mitte bedient hatten, ermahnte Marie die Kinder immer wieder, nicht so laut zu sein, nicht mit vollem Mund zu sprechen und niemanden zu unterbrechen. Insgeheim aber war sie froh, dass Heini und Lili die Unterhaltung bestimmten, so fiel es nicht auf, dass sie mit Oskar keine Konversation führen wollte. Sie aßen alle mit großem Appetit, und als Lili versuchte, einen Ameisenbären zu beschreiben, und damit prahlte, wie sie mit einem wilden Löwen gekämpft habe, brachen alle in Gelächter aus.

Nach dem Essen stellte die Köchin die Teller in die Spüle. Dann drehte sie sich um, stemmte die Hände in die Hüften und sagte bestimmt: »Kinder, ihr geht jetzt rauf und macht euch fertig für's Bett. Heini liest Lili eine Gutenachtgeschichte vor und dann komm ich rauf und deck euch noch zu.«

»Nein, die Marie soll uns ins Bett bringen!« Selbstverständlich protestierten sie.

»Nein, die Marie bleibt mit dem Oskar noch hier in der Küche sitzen. Die haben was zu besprechen.«

Alle waren ganz verwundert, als die Kinder ohne große Widerrede nach oben verschwanden. Anna nickte Oskar und Marie vielsagend zu, verließ die Küche und zog die Tür leise hinter sich zu.

Marie sprang auf und begann die Teller abzuwaschen. Sie spürte Oskars Blicke in ihrem Rücken und nach langem Zögern sagte er: »Was ist los mit dir, Marie? Was hab ich gemacht? Warum bist du so bös auf mich?«

»Das musst du schon selber wissen«, sagte sie, ohne sich umzudrehen, ins Spülwasser. Er sollte bloß nicht sehen, wie ihr die Tränen in die Augen schossen.

»Wie soll ich das denn selber wissen?«

»Aha? Und das Sacher?«

»Was ist mit dem Sacher? Was hast du denn nur mit dem Sacher?«

»Ach, Oskar, ich versteh doch, dass du dich mit gebildeteren Frauen verabredest. Aber dann spiel doch nicht mit mir.«

»Ich verabrede mich mit keinen anderen Frauen, ich weiß gar nicht, was du meinst.«

»Der Herr Doktor hat dich aber gesehen. Im Sacher. Mit einer schönen, jungen Frau. Und der Herr Doktor sieht doch keine Gespenster.«

»Ach das! Marie, jetzt komm her da. Setz dich.« Oskar war aufgesprungen und stand ganz nahe hinter ihr. Behutsam fasste er sie an den Schultern und drehte sie um. Da konnte Marie sich nicht mehr halten und brach in Tränen aus. Lange standen sie da, Oskar hielt sie im Arm und er wartete geduldig, bis sie sich beruhigt hatte.

»Jetzt koch ich dir einen Tee und du setzt dich da her und beruhigst dich. Und dann erzähl ich dir alles über die schöne, junge Frau.«

Sie setzten sich und Oskar erzählte vom Abendessen bei den Golds und von der einzigen Tochter, die einmal die Buchhandlung übernehmen sollte.

»Weißt du, ich hab mir gar nichts dabei gedacht, als die uns eingeladen haben. Also eigentlich haben sie ja den Stock eingeladen und er wollte dann, dass ich mitkomme. Ich wusste gar nicht, wieso.«

»Aber du warst mit ihr im Sacher!«

»Ja und stell dir vor, ich war auch mit ihr in der Oper. Davor. Sie hatte die Karten und dann hat sie mich ins Sacher zum Essen eingeladen.«

»Das kann ich nicht. Bei mir gibt's nur Eiernockerl von der Anna. Aber ich könnt sie auch kochen.« Marie versuchte ein zaghaftes Lächeln.

»Weißt du was, die Eiernockerl hier im Haus sind mir hundertmal lieber als der Tafelspitz im Sacher.«

»Jetzt lügst aber!«

»Nur ein bisschen.«

»Aber was ist jetzt mit dieser Buchhandelstochter? Was will die von dir? Wie heißt sie überhaupt?«

»Fanni. Sie heißt Fanni Gold und ist eine sehr originelle Frau. Und sie will gar nichts von mir. Ihr Herr Papa will was von mir.«

»Und was?« Marie wusste die Antwort schon und hatte die Frage ganz leise gestellt.

»Na, der Herr Papa wünscht sich einen Buchhändler als Schwiegersohn.«

»Na wunderbar. Dann kannst du ja in eine große Buchhandlung einheiraten und bist ein gemachter Mann.«

»Das werde ich aber nicht tun.«

»Warum nicht? Alles andere wäre dumm.« Marie war sehr stolz auf sich, sie saß ganz aufrecht und ihre Stimme klang einigermaßen fest.

»Ja, dann bin ich eben dumm. Ich liebe sie nicht, diese Fanni. Also werde ich sie auch nicht heiraten.«

»Liebe … Liebe … die kann ja noch kommen.«

»Die ist schon da, die Liebe. Ich lieb nämlich jemand anderen.« Oskar gab sich einen Ruck und nahm Maries Hand. »Und zu einer Liebe gehören auch immer zwei.«

Marie sagte nichts und Oskar fuhr fort: »Und diese Fanni, die will gar nicht heiraten. Mich nicht und niemanden sonst.«

»Aber sie ist doch noch jung, oder? Das weiß sie doch noch gar nicht.«

»Doch, eigentlich schon. Sie … ich weiß nicht, wie ich das erklären soll …«

»Erklär's einfach!«

»Sie interessiert sich nicht für Männer.«

»Das tu ich auch nicht.« Marie zog die Hand zurück.

»Nein, du verstehst das falsch. Sie interessiert sich gar nicht für Männer.«

»Ich weiß nicht, was du meinst. Du meinst doch nicht etwa, dass sie … oh Gott, nein, ist das nicht eine Sünde?« Marie schlug die Hand vor den Mund.

»Na ja, Sünde. Was ist schon Sünde? Das gab's schon immer, weißt du, es gibt auch Männer, die lieben Männer.«

»Ich will das alles gar nicht wissen. Das kann ich mir nicht vorstellen.«

»Ich auch nicht. Aber Tatsache ist, die schöne Fanni Gold will nichts von mir wissen und ich auch nicht von ihr. Weil ich nämlich dich lieb hab. Und es ist mir egal, ob die eine Buchhandlung hat oder nicht.«

»Ja, aber, Oskar, jetzt sei doch mal gescheit. Du musst an deine Zukunft denken und mit uns zwei, das wird doch nichts. Ich hab nichts und du hast nichts, wie sollen wir denn zusammenkommen? Und du bist so ein Kluger und ich bin so ungebildet. Das geht doch alles nicht.«

»Du bist mindestens so klug wie ich. Und jetzt hörst du ganz schnell auf.« Oskar beugte sich über den Tisch und wollte Marie einen Kuss geben, da tönten aus dem oberen Stockwerk die Stimmen der Kinder: »Marie, Marie, komm Gute Nacht sagen.«

DIE ARBEIT IN DER Buchhandlung fühlte sich irgendwie anders an, nachdem Oskar mit Friedrich Stock beim Notar gewesen war und seine Unterschrift unter den Vertrag gesetzt hatte.

Gleich ein paar Tage nach ihrem Gespräch im Bürgerhof war das gewesen, da saßen sie in diesem dunklen Büro in der Martinstraße, und der Notar legte Oskar ein Schriftstück vor. Er hatte die Zeilen zwar durchgelesen, war aber viel zu aufgeregt, um alles zu verstehen. Doch eines hatte er verstanden: dass ihm jetzt ein Teil dieses wunderbaren Ortes gehörte, des Ortes, an dem er in den letzten Jahren so viele Stunden verbracht hatte und an dem er glücklich war. Die hohen Regale, die immer in ein warmes Licht getaucht waren, die hölzernen Leitern, mit deren Hilfe man Bücher aus schwindelerregender Höhe erreichen konnte, der kleine Ofen, der von Oktober bis März das Geschäft heizte, der durchgesessene Fauteuil, die ganzen Bücher, ja sogar der fadenscheinige Läufer auf dem alten Parkettboden – das alles war jetzt auch ein bisschen seins und es dauerte mehrere Tage, bis Oskar das richtig realisiert hatte.

»Jetzt bist du schon wieder so früh da«, schimpfte Friedrich Stock, als er um kurz nach acht durch das Stiegenhaus ins Hinterzimmer der Buchhandlung kam. »Warum machst denn jetzt so viele Überstunden?«

»Sie haben doch gesagt …«

»*Du*. Du hast doch gesagt …«, fiel ihm sein Chef ins Wort.

Oskar fiel es schwer, Herrn Stock zu duzen. Auch wenn er sich immer wieder ins Gedächtnis rief, dass sie jetzt Partner waren, blieb der ältere Buchhändler ein für alle Mal eine Respektsperson für ihn.

»Also – du hast doch gesagt, jetzt gibt es keine Überstunden mehr.«

»Ja, schon. Aber das bedeutet ja nicht, dass du von nun an Tag und Nacht arbeiten musst. Da krieg ich ja direkt ein schlechtes Gewissen.«

»Ich bin auch erst grad gekommen. Ich wollte nur die Remittenden endlich machen, bevor wir aufsperren.«

»Mein Gott, jetzt übertreibst du's aber ein bisschen, oder? Komm, ich koch uns einen Kaffee, ich hab uns zwei Kipferl mitgebracht.«

Er holte das braune Papiersackerl aus der Tasche und setzte den Wasserkessel auf den kleinen Gasherd.

»Hast du das in der Zeitung gelesen?«

»Was denn?«

»Das mit dem Schiff.«

»Mit welchem Schiff?«

»Na, mit diesem Riesendampfer, der Titanic?«

»Nein, was ist damit?«

Friedrich Stock legte die *Neue Freie Presse* auf den Tisch und begann vorzulesen:

»*Das Schiff ›Titanic‹ wäre beinahe durch einen Eisberg vernichtet worden. Es ist das größte Schiff der Welt, selbst ein schwimmender, haushoher Berg, eine wandelnde Stadt, die aber von mächtigen Triebkräften in Bewegung gesetzt über den Ozean in ferne Länder geht. Das größte Schiff der Welt! Und doch nur ein armseliger Zwerg, der vor der Wucht eines Eisbergs in die Knie sinkt, nach allen Seiten um Hilfe ruft und noch glücklich sein muss, wenn das Element in seiner Übermacht ihn nicht ganz zerstört. Vierzehnhundert Menschen waren seit gestern in schwerster Gefahr, vierzehnhundert lebensfrohe, wegfreudige und reiselustige Männer und Frauen,*

gewiss viele verwöhnt und unbekümmert, mit jener anmaßen-
den Sorglosigkeit ... Oskar, was ist denn?«

Oskar war aufgesprungen, sein Kipferl war ihm aus der Hand
gefallen und lag jetzt auf dem Boden. Er machte keine Anstal-
ten, es aufzuheben.

»Lies weiter.«

»Der Artikel ist ewig lang, schau mal, eine ganze Seite.«

»Ja, aber lies doch mal, was ist mit den Menschen auf dem
Schiff? Sind alle gerettet?«

Brummelnd überflog Stock den Artikel, Oskar stand direkt
hinter ihm und starrte ihn an.

»Da«, sagte der Buchhändler und fuhr mit dem Zeigefinger
die Zeilen entlang. »*Dennoch hat diese Maschinenkraft nicht
ausgereicht, um die ›Titanic‹ zu retten. Die Menschen sind an
Land gebracht worden, sie haben ihr Leben mühsam gewiss
und mit vielen Gefahren erhalten. Erhalten nach einer Nacht,
die wie ein einziger großer Hohn gewesen sein muss auf all die
feinen Köstlichkeiten und fabelhaften Luxusdinge, die ihnen
auf dem Schiffe geboten waren. ...* Na, in diese Verlegenheit
werden wir nie kommen, dass wir uns auf so eine Schiffsreise
begeben. Jössas, jetzt hab ich den Kaffee ganz vergessen vor
lauter Eisberg.«

»Die Fanni Gold ist auf dem Schiff.«

»Was sagst du da?«

»Ja. Es war ein Geschenk zu ihrem zweiundzwanzigsten Geburtstag.«

»Wirklich? Also – ich hab ja gewusst, dass die eine gute
Partie ist. Aber dass die Golds so reich sind! Weißt du, was da
eine Karte kostet?«

»Ein Vermögen, ich weiß. Hoffentlich ist ihr wirklich nichts
passiert.«

»Es steht doch da. Die werden doch nichts Falsches in die
Zeitung schreiben. Da haben alle noch mal Glück gehabt. Jetzt

haben wir aber die Zeit ganz schön vergessen, wir müssen aufsperren. Du machst deine Remittenden und ich geh vor.«

Oskar war froh, dass er nicht gleich hinter den Ladentisch musste. Er las den ganzen Artikel noch einmal durch, versuchte sich den Luxus an Bord vorzustellen, diesen ganzen Glamour und mittendrin die schöne, lebenshungrige Fanni. Doch ihm kamen immer nur Bilder von im Eismeer schwimmenden Menschen in den Sinn, ständig sah er vor seinem geistigen Auge Fanni, wie sie sich vor Kälte zitternd an ein Rettungsboot klammerte. Er wusste gar nicht, warum ihn das so anrührte, schließlich hatte er die junge Frau nur zweimal gesehen. Aber er musste sich eingestehen, sie hatte ihm doch sehr imponiert. Gewiss nicht so, wie Fannis Vater sich das vorstellte, aber er mochte Fanni Gold, er bewunderte sie und er wünschte ihr ein langes, glückliches Leben. Und nach dem Opernbesuch hatte er durchaus das Gefühl, sie könnten Freunde werden. Warum sollte man nicht mit einer Frau Freundschaft schließen? Ob Marie das verstehen würde?

Am späteren Vormittag musste er dann doch vor in den Laden. Vielleicht war es aufgrund der ungewöhnlichen Kälte, aber es kamen viele Leute und deckten sich mit Lesestoff ein. Einige wollten auch einfach nur plaudern und natürlich war die Schiffskatastrophe in aller Munde.

»Na, ich bin froh, dass wir uns so was nicht leisten können.« Herr Kokrda, ein sozialdemokratischer Stadtrat, zitierte despektierlich aus der *Kronen Zeitung*. »*Sportplatz, die Lesezimmer und Rauchzimmer mit Veranden, türkische Bäder, ein Schwimmbad und vieles mehr. ...* In den Speisesaal passen 550 Personen und es gibt ein Pariser Kaffeehaus. ... *Das Tafelgeschirr zählt 10000 Stück*«

»Wir haben kein Brennholz und können uns kaum anständige Wohnungen leisten. Wenn das gerecht ist«, verschaffte sich eine ältere Dame resolut Gehör.

»Ja, deswegen sollen Sie auch die Sozialisten wählen«, lachte der Stadtrat leutselig, »wir verurteilen so eine Ungleichheit.«

»Meine Herrschaften, jetzt beruhigen Sie sich bitte. Sind wir doch alle froh, dass die Herrschaften auf dem Schiff gerettet wurden, reich hin oder her. Denken Sie nur an die unzähligen Frauen und Kinder.« Friedrich Stock konnte es nicht leiden, wenn im Geschäft politisch diskutiert wurde, der sonst so stille, schüchterne Buchhändler wurde dann immer sehr bestimmt und versuchte die Gespräche in neutrale Bahnen umzulenken.

»Und außerdem waren nicht nur Reiche an Bord. Es gibt, wie auf jedem Schiff, ein riesiges Zwischendeck für arme Auswanderer!« Oskar konnte sich nicht zurückhalten, die Pietätlosigkeit der Menschen widerte ihn an. Stock warf ihm einen Blick zu: »Oskar, kannst du bitte diesen neuen Italienband ins Schaufenster tun? Und da gibt es noch so einen Prachtband über Capri, den stellst dazu!«

»Ja, mach ich.« Oskar war rot angelaufen und froh, kurz an die frische Luft zu kommen. Er arrangierte das Fenster neu, zündete sich eine Zigarette an und blickte die Währinger Straße auf und ab. Wie kalt es wieder geworden war.

»MEINE DAMEN, ich habe Nachricht aus der Poliklinik.«
Arthur Schnitzler war in die Küche getreten und sah Anna und
Marie ernst an. Sie trauten sich nicht, etwas zu sagen, Marie
hielt die Luft an und schickte ein kurzes Stoßgebet gen Himmel.

»Sophie wird die ganze Sache wohl einigermaßen unbeschadet überleben. Sie ist noch recht schwach, aber in ein paar Tagen darf sie die Klinik verlassen.«

»Und? Wird sie wieder zu uns kommen?« Marie hätte sich
das nie zu fragen getraut, aber Anna nahm wie immer kein Blatt
vor den Mund.

»Darüber diskutieren die gnädige Frau und ich noch. Ich
meine schon.«

»Wir würden das sehr begrüßen. Wir vermissen sie.«

»Na, dann wird das vielleicht die Entscheidung begünstigen.
Sie darf übrigens besucht werden.«

Anna schüttelte den Kopf. »Das ist nichts für mich. Mich
haut nichts um, aber in ein Spital geh ich nicht freiwillig. Aber
du kannst sie doch besuchen, Marie, oder?«

»Ich weiß nicht. Ich war noch nie in einer Klinik. Und ich
muss ja auch auf Lili aufpassen.«

»Ja, Marie, gehen Sie ruhig zu ihr. Vielleicht heitert sie das
auf, ich glaube, sie hat wirklich sonst niemanden und sie ist
wohl in einer eher schlechten Gemütsverfassung.« Schnitzler
nickte Marie aufmunternd zu.

»Die Lili kocht heute mit mir Knödel und zu Mittag bist eh
wieder da.« Anna setzte Lili auf das Küchenkastl und stellte

die große Rührschüssel auf die Abwasch. »Wart, ich pack dir noch ein Stück Kuchen für die Sophie ein.«

Um kurz vor zehn stand Marie vor einem großen Gebäude in der Mariannengasse. Sie holte tief Luft, bevor sie die Eingangshalle der Poliklinik betrat. Sie war immer noch schrecklich nervös, wenn sie in so riesige, offizielle Häuser gehen musste, jedes Mal rechnete sie damit, dass sie jemand fragte, was sie hier eigentlich wolle. Und genau dies passierte jetzt. Allerdings war die Person, die sie ansprach, eine sehr junge Krankenschwester, die sie freundlich anlächelte: »Kann ich Ihnen behilflich sein?«

»Ja, bitte. Ich suche jemanden«, stotterte Marie.

»Suchen Sie einen Arzt? Sind Sie krank?« Die Schwester fasste Marie fürsorglich am Arm.

»Nein, ich möchte jemanden besuchen.«

»Besuchszeit ist erst am Nachmittag, das tut mir leid.«

»Später kann ich leider nicht mehr, da muss ich arbeiten.« Marie hatte sich schon umgedreht und wollte das Gebäude verlassen, da rief ihr die junge Frau nach: »Zu wem wollten Sie denn?«

»Zur Sophie. Der Herr Doktor Schnitzler hat sie hier untergebracht und er hat auch gemeint, ich solle sie besuchen. Sie heißt ... äh ... Sophie Pramminger.«

»Ah, ich weiß, wen Sie meinen. Das arme Mädel. Sie weint recht viel und hatte noch nie Besuch. Warten Sie kurz, ich will mal schauen, ob die Oberschwester vielleicht eine Ausnahme macht. Wenn Sie kurz Platz nehmen möchten?«

Marie setzte sich und langsam legte sich ihre Nervosität. Noch nie zuvor war sie in einem Spital gewesen. Bei ihnen zu Hause kam man gar nicht auf die Idee, in ein Krankenhaus zu fahren. Die Mutter hatte die Kinder alle zu Hause bekommen, bei manchen war nicht mal eine Hebamme dabei gewesen. Eines der Kinder war gleich bei der Geburt gestorben. Marie hatte davon damals gar nichts mitbekommen, irgendwann war es der Oma rausgerutscht. Als ihre kleine Schwester so krank gewesen war und der Husten gar nicht mehr hatte aufhören wollen, war ein Doktor auf den Hof gekommen, und Marie konnte sich noch gut daran erinnern, mit welcher Ehrfurcht ihn die Mutter behandelt hatte. Er war nicht mal zehn Minuten bei der kranken Elisabeth und die Mutter servierte ihm danach eine Suppe mit den Fleischvorräten für das Familienabendessen. Elisabeth war trotzdem nicht mehr gesund geworden. Bis sie in die Stadt gekommen war, hatte Marie gar nicht gewusst, dass es auch für Leute wie sie Krankenhäuser gab, in denen es vielleicht Möglichkeiten gab, ein Leben zu retten.

Es war ruhig hier, und es roch angenehm. Die Krankenschwester war freundlich und ihre weiße Tracht schön anzusehen. Kurz dachte Marie, dass das auch ein Beruf wäre, der ihr gefallen könnte: Krankenschwester, vielleicht sogar für Kinder. Aber das waren wohl nur Träume. Woher hätte sie auch das Geld für eine Ausbildung nehmen sollen? Bei der Familie Schnitzler verdiente sie gerade mal so viel, dass sie ihr Auskommen fand.

»Kommen Sie? Die Oberschwester macht eine Ausnahme.« Die junge Frau von vorhin beugte sich über das Treppengeländer und winkte Marie zu. »Die Visite ist fertig, Sie können kurz zur Patientin. Muntern Sie sie ein wenig auf!«

Die Krankenschwester begleitete Marie in den ersten Stock und öffnete leise eine große Tür. Marie blieb auf der Schwelle stehen und sah in den Raum. Viele Betten – Marie schätzte, so um die zwanzig – standen gleichmäßig in einem großen Saal. Dazwischen war gerade genug Platz für jeweils ein kleines Nachtkästchen.

»Fräulein Pramminger liegt im Bett Nummer zwölf. Rechte Seite«, sagte die Krankenschwester und schob Marie sanft über die Schwelle. »Ich hol Sie in einer Viertelstunde wieder ab.«

Viele Augenpaare sahen sie an, als sie durch den Raum ging.

Marie stellte sich an das Fußende des Bettes, auf dem ein kleines Messingschild mit einer Zwölf angebracht war, und räusperte sich. Die schmale Gestalt im Bett war zugedeckt, es schauten nur ein blonder Haarschopf und eine spitze Schulter hervor.

»Sophie? Guten Tag. Bist du wach?«

Die Decke wurde ein Stück nach unten gezogen und zwei blaue Augen mit dunklen Ringen blickten Marie an.

»Marie! Du bist hier?!«

»Ja, ich komm dich kurz besuchen. Schauen, wie es dir geht.«

»Das freut mich aber. Mir geht's schon wieder recht gut. Wie geht's euch denn?«

»Ich soll dich herzlich von der Anna grüßen, sie hat gesagt, sie kann nicht ins Spital.«

»Aber du bist da! Mein Gott, wie mich das freut. Komm, setz dich ein bisschen zu mir.«

Marie setzte sich an den Rand der harten Matratze und bemerkte, wie die Frau im Nachbarbett sich erwartungsvoll aufrichtete. Vom Fenster her erklang ein rasselnder Husten.

»Was machst du denn für Sachen, Sophie?«, sagte Marie.

»Psst.« Sophie rollte die Augen und deutete auf die Frau im Nebenbett. Marie verstand, ein Gespräch über das Geschehene war hier unmöglich und im Grunde war sie sehr erleichtert darüber. Sie wollte ohnehin nicht darüber reden, wollte gar nicht wissen, wie das Stubenmädchen in diese delikate Situation gekommen war, und vor allem nicht, wie sie versucht hatte, das »Problem« zu lösen. Sie plauderten ein wenig, Marie erzählte, wie sehr alle Sophie vermissten und dass es ganz schön viel Arbeit sei, das ganze Aufräumen und Staubwischen, die Arbeit in der Küche und vor allem das Servieren.

»Und wie geht's den Kindern?« Sophie hatte sich aufgesetzt, das Polster in den Rücken gesteckt und nun hatte sie auch wieder ein bisschen Farbe im Gesicht.

»Gut geht's ihnen. Letzte Woche waren wir in der Menagerie. Du kannst dir gar nicht vorstellen, was der Heini alles über Tiere weiß. Der ist wie ein kleines Lexikon.«

Marie überlegte fieberhaft, was sie noch erzählen konnte, plauderte über Belangloses wie Lilis neue Wortschöpfungen.

»Ach, ich hab dir ja noch einen Kuchen mitgebracht. Mit den besten Grüßen von der Anna.«

»Leg ihn da aufs Nachtkasterl. Ich ess ihn später.«

»Aber wirklich! Du musst wieder ein bisschen zunehmen.«

»Ja, versprochen.« Sophies dünne Finger zupften nervös an der Bettdecke.

»Glaubst du, ich kann wieder zurückkommen?« Sie fragte ganz leise.

»Der Doktor hat angedeutet, dass es möglich wäre. Ich glaube, die gnädige Frau und er sind sich noch nicht einig. Aber Anna wird sicher noch mal ein gutes Wort für dich einlegen. Hast du denn jemanden, wo du hinkönntest?«

»Nein. Ich hab niemanden.« Sophie stützte sich auf den Ellenbogen und bedeutete Marie, ein bisschen näher zu kommen. Als Marie sich über sie beugte, flüsterte ihr die junge Frau zu: »Ich wollte das gar nicht. Weißt du, ich wusste doch gar nicht, was da passiert. Und ...«

»Psst, ich weiß. Jetzt sei still und denk nicht mehr dran. Es wird schon alles gut werden. Du erholst dich jetzt und dann schau'n wir weiter.«

Da kam auch schon die Krankenschwester, gefolgt von einer streng aussehenden Oberschwester, durch den Schlafsaal auf sie zu. Marie war sofort aufgesprungen, doch Sophie hielt sie am Armgelenk fest. »Es war so schön, dass du gekommen bist. Danke, Marie. Und es tut mir leid, dass ich am Anfang so grantig war zu dir.«

»Ach, daran kann ich mich gar nicht erinnern. Leb wohl. Du kommst bald wieder zu uns ins Cottage. Ganz bestimmt.«

»Meine Damen. Die Viertelstunde ist um. Die Patientinnen

brauchen Ruhe.« Marie wurde von den Schwestern nach draußen begleitet, dann stand sie erst mal ein paar Minuten in der engen Straße und atmete tief durch. Wie schrecklich musste das alles für die Sophie sein. Mit wem sie sich da wohl eingelassen hatte? Vielleicht war es ja nicht mal freiwillig gewesen. Und wenn doch, wer wusste schon, was der Mann ihr versprochen hatte? Wahrscheinlich wusste Sophie gar nicht so genau, wie das hatte passieren können. Marie musste sich eingestehen, dass auch sie nur eine vage Vorstellung davon hatte, wie es zu so einem Unglück kommen konnte. Doch in einem war sie sich ganz sicher: Ihr würde so etwas niemals passieren. Und wenn sie als Jungfrau alt werden würde, es wäre ihr egal. Niemals wollte sie in so eine Situation kommen.

»Kann ich Ihnen helfen, junge Dame? Brauchen Sie einen Arzt?«

Marie hatte den Herrn im eleganten Gehrock gar nicht bemerkt, so tief war sie in ihren Gedanken versunken.

»Nein, nein, danke. Mit mir ist alles gut. Ich habe nur ein wenig nachgedacht, ich geh schon weiter.«

»Sie können gerne hier stehen, Sie stören uns nicht. Ich dachte nur, Sie brauchen vielleicht Hilfe«, sagte er freundlich lächelnd und verschwand in der Klinik.

In der Spitalgasse stieg Marie in die Linie fünf, und als sie an der nächsten Station aus dem Fenster schaute, fiel ihr Blick auf die Uhr der Kapelle des Bürgerversorgungshauses. Es war erst elf. Ohne groß nachzudenken, sprang sie aus der Tramway, obwohl die schon wieder anfuhr. Marie hatte beschlossen, nicht mit dem Einundvierziger in die Sternwartestraße zu fahren, sondern mit dem Vierziger die Währinger Straße rauf. So konnte sie bei der Buchhandlung aussteigen und vielleicht einen Blick auf Oskar werfen. Zu Hause wurde sie erst in einer Stunde erwartet und ihr blieb noch Zeit, einen kurzen Spaziergang durch das Cottageviertel zu machen.

Marie stand lange vor der Auslage und studierte die Buchtitel. Stolz entdeckte sie zwei Bücher ihres Dienstherren und auch noch eines des netten Herrn Salten, der so oft Gast bei den Herrschaften war. Vorsichtig spähte sie durch die Scheibe und hoffte, Oskar irgendwo zu sehen. Gerade als sie überlegte, das Geschäft zu betreten, kam er aus der Ladentür, in den Händen einen großen Bücherstapel, den er unter dem Kinn eingeklemmt hatte.

»Marie! Wie schön, dich zu sehen. Was verschafft mir die Ehre? Kannst du mir schnell mal ein paar Bücher abnehmen, während ich das Schaufenster öffne?«, sagte er und drückte der verdutzten jungen Frau die Hälfte des Bücherstapels in die Arme.

»Was hättest du getan, wenn ich nicht da gewesen wäre?« Marie lachte ihn an.

»Tja, aber du bist ja da. Und jetzt hilfst du mir.«

Gemeinsam räumten sie das Schaufenster ein und dann fragte Oskar, ob sie noch auf einen Kaffee mit hineinkommen würde.

»Ich weiß nicht, passt das denn? Du musst doch arbeiten.«

»Natürlich passt das. Ich wollte eh gerade Pause machen.«

Marie folgte Oskar in die Buchhandlung. Am liebsten wäre sie unbemerkt hindurchgeschlichen, doch mitten im Raum trat ihr Herr Stock in den Weg und begrüßte sie freundlich.

»Ah, wen haben wir denn da? Das Fräulein Marie? Helfen Sie heut aus bei uns?«

»Guten Tag, Herr Stock. Ich wollt gar nicht stören, ich war nur grad zufällig in der Nähe.«

»Und jetzt geht sie mit mir nach hinten zum Kaffeetrinken«, sagte Oskar und zog sie an der Hand weiter.

»Ja, ja, trinkt ihr nur brav Kaffee und lasst mich hier allein die ganze Arbeit machen.« Stock lachte und wandte sich einem Kunden zu, der gerade reingekommen war.

»Setz dich. Ich hab leider keinen Kuchen anzubieten. Wo warst du denn? Wo sind die Kinder? Wieso bist du mitten am Tag auf der Währinger Straße unterwegs?«

Da erzählte Marie, dass sie in der Poliklinik gewesen sei, um das Dienstmädchen zu besuchen, und dass der Herr Doktor sie geschickt habe. Als Oskar wissen wollte, warum Sophie im Spital war, wurde Marie ganz verlegen. Und dann gab sie sich einen Ruck und es platzte aus ihr heraus: »Schwanger war sie. Von so einem Kerl, der sich sofort aus dem Staub gemacht hat. Und da hat sie versucht, es wegmachen zu lassen. Dabei wär sie fast draufgegangen. Sie hat so ein Glück gehabt, dass die Anna sie rechtzeitig gefunden hat und dass der Herr Doktor so ein gutes Herz hat und sie im Spital untergebracht hat. Und wahrscheinlich nimmt er sie sogar wieder zurück.« Marie war ganz aufgebracht, sie war aufgesprungen und ging in dem kleinen Hinterzimmer der Buchhandlung nervös auf und ab, während sie Oskar von Sophie erzählte.

»Die Arme! Und sie sagt nichts über den Kerl?«

»Nein. Ich glaube, sie versucht, das alles zu vergessen. Wenn mir das passieren würde, ich würd mich umbringen!«

»Was redest du denn da für einen Blödsinn? Sag nicht so furchtbare Sachen.«

»Na gut, ich würd ins Kloster gehen.«

»Das würd ich aber nicht zulassen. Und außerdem wird das nicht passieren. Du wirst ein Kind bekommen, wann du es willst.« Oskar war hinter Marie getreten, während er den Satz aussprach, er legte die Arme um sie und sie lehnte sich an ihn und auf einmal fühlte sie sich so glücklich, dass sie unwillkürlich die Luft anhielt.

»Mach dir nicht so viele Sorgen. Von jetzt an wird dein Leben gut verlaufen.« Er drehte sie um und sah ihr fest in die Augen. »Jetzt hast du mich, und mich wirst du so schnell nicht mehr los.«

»Na, mal schauen, es gibt sicher noch viele schöne Buchhändlertöchter, die ein Auge auf dich werfen.«

»Die sind mir egal. Hast du übrigens von dem Schiffsunglück gehört?«

»Nein, welches Schiffsunglück?«

»Dieser Riesendampfer, die Titanic, ist gegen einen Eisberg gefahren und es gab ein großes Unglück.«

»Wie schrecklich. Aber warum fällt dir das jetzt ein?«

»Die Buchhändlertochter, weißt schon, diese Fanni Gold ist an Bord.«

»Mein Gott, wie schrecklich! Und ist ihr etwas passiert?«

»Ich weiß auch nur, was in der Zeitung steht. Aber da, schau her, hier steht, alle Passagiere konnten gerettet werden.«

»Gott sei Dank. Die Arme. Das muss furchtbar sein. Ich würd mich nicht auf so ein Schiff trauen. Oh, es ist schon spät! Ich muss gehen, sonst fragen die sich noch, wo ich so lange bleib.«

»Wann können wir uns wieder sehen?«

»Am Sonntag. Da hab ich frei.«

»Wie schön. Ich hol dich ab.«

»Ich freu mich.«

Im Haus in der Sternwartestraße kam Lili aus der Küche gesprungen, kaum hörte sie den Schlüssel im Schloss.

»Marie, Marie! Lili Knödel macht! Schau mal, Lili Knödel macht!« Sie zog sie an der Hand in die Küche.

Anna stand am Herd und lachte: »Ja, wenn ich die Lili nicht gehabt hätt, wären die Semmelknödel nie fertig geworden. Wo warst du denn so lange?«

Bevor Marie antworten konnte, redete die Köchin weiter: »Wie geht's denn der Sophie? Und hat sie sich gefreut? Wir haben ein bisschen was zu tun heute, der gnädige Herr hat mir gerade gesagt, dass am Abend Gäste kommen. Sechs oder sieben, ganz überraschend. Ich hab einen Braten bestellt und die Lili hat die Knödel gemacht, gell, Lili, fast ganz allein, und jetzt müss ma noch eine Nachspeis zaubern. Torte geht sich nicht mehr aus, wir machen Topfencreme. Auf der Kellerstiege steht noch eine Suppe von vorgestern, die strecken wir ein bisschen.«

Am Nachmittag hatten die beiden alle Hände voll zu tun. Die Tischwäsche war nicht gebügelt, das Silberbesteck und die Gläser mussten noch poliert werden und dazwischen sollte Marie Heinis Hausaufgaben überwachen und Lili davon abhalten, gröberen Unfug zu treiben. Am Abend war sie mehr als geschafft, aber es half nichts: Es war auch ihre Aufgabe, das Essen aufzutragen. Sie hatte das nun schon ein paarmal gemacht, und obwohl sie es gemeistert hatte, war sie immer noch schrecklich nervös und hatte Angst, irgendetwas falsch zu machen, die Weingläser fallen zu lassen oder einer der feinen Damen die Suppe in den Schoß zu schütten.

Es war eine fröhliche Runde, allesamt gute Freunde, die oft zu Besuch waren. Marie öffnete die Tür und brachte die Gäste ins Speisezimmer, während Anna in der Küche alles vorbereitete. Marie hatte es geschafft, Lili frühzeitig ins Bett zu bringen – sie hatte ihr einfach den Mittagsschlaf drastisch gekürzt und sie eine Stunde vor der normalen Zeit hingelegt. Heini wurde versprochen, die Freunde noch begrüßen zu dürfen, bevor auch er ins Bett musste. Der Bub liebte Besuch und war in seinem Element, wenn er mit den Erwachsenen plaudern konnte. Marie sah aus dem Augenwinkel, wie der Doktor seinen Sohn stolz betrachtete, als er mit einem der Gäste über die bevorstehende Sonnenfinsternis fachsimpelte.

»Weißt du, das ist so, der Mond steht vor der Sonne, aber … Ja, das haben wir in der Schule gelernt und morgen gehen wir alle in den Hof und schauen uns das an. Heute haben wir mit dem Herrn Lehrer Glasscherben geschwärzt, weißt du, man darf nämlich nicht in die Sonne schauen, sonst wird man blind, darum muss man durch den Ruß schauen.«

»So, junger Mann, ab ins Bett!« Olga Schnitzler klatschte in die Hände und warf Marie einen Blick zu. »Marie, würden Sie Heini bitte nach oben bringen? Und dann begeben wir uns zu Tisch.«

Heini verabschiedete sich artig, flüsterte Marie zu: »Ich geh allein ins Bett und les noch ein bisschen. Kommst du dann noch Gute Nacht sagen?«

»Natürlich, ich komm dann noch schnell zu dir.« Marie strich ihm übers Haar und der Bub sprang die Treppe rauf. Manchmal hatte sie fast das Gefühl, er passte so auf sie auf wie sie auf ihn. Heini war ein stiller Beobachter, der mit feinen Antennen alles in sich aufzunehmen schien und dem selbst die leisesten Gefühlsschwankungen nicht entgingen. Er wusste genau, dass der Abend für Marie eine große Herausforderung war, und er dachte nicht im Traum daran, auch noch Schwierigkeiten zu machen.

»Ah, deine Köchin, Olga! Weißt du eigentlich, was für ein Glück ihr habt mit dieser Köchin? Ich geh gleich in die Küche und werb sie dir ab.«

»Wo hast du denn diesen Wein her? Der ist nicht schlecht.«

»Ich glaub, ich *muss* noch so einen Knödel essen, auch wenn ich platze, aber die sind einfach göttlich.«

Marie stand neben der Tür, versuchte unsichtbar zu sein und hörte der lebhaften Gesellschaft zu, ohne es sich anmerken zu lassen. Die Sätze flogen nur so über den Tisch:

»Arthur, was hältst du eigentlich vom neuen Wassermann? Hast du den schon gelesen?«

»Ach ja, und weiß man schon mehr über dieses Schiffsunglück? Dieser Luxusdampfer, der da angeblich gesunken ist?«

»Wirklich? Das hab ich gar nicht mitbekommen, ich hab heute noch keine Zeitung gelesen.«

»Ja, ich hab's gelesen. Gegen einen Eisberg! Unvorstellbar, oder? Aber angeblich sind alle Passagiere gerettet. Kennt ihr jemanden, der an Bord war?«

»Nein, ich nicht.«

»Ich auch nicht.«

»Wisst ihr, was die Tickets kosten? Das ist nichts für arme Dichter!«

»Ach, Arthur, du und armer Dichter. Mir kommen gleich die Tränen, du, der auf den größten Bühnen Europas rauf und runter gespielt wird.«

»Ja, aber das kann schnell vorbei sein. Jetzt wird noch alles aufgeführt, aber was glaubst du, was das Haus hier auffrisst? Da noch eine Kommode, hier noch ein Lüster und nicht zu reden von der teuren Köchin!« Arthur Schnitzler lachte und sagte zu Marie: »Marie, ich glaube, Sie können dann abservieren. Mit der Nachspeis warten wir noch ein bisschen.«

»Sehr wohl, gnädiger Herr«, sagte Marie mit einem leichten Kopfnicken und begann, Teller und Bestecke möglichst geräuschlos von dem großen Esstisch abzutragen und auf der Kredenz zu stapeln. Sie war froh, wieder etwas zu tun zu haben. Dieses möglichst unsichtbar Herumstehen war nichts für sie, auch wenn die Gespräche, die man unweigerlich mitbekam, interessant waren.

»Ich würde sehr gerne so eine Schiffsreise machen. Stellt euch mal vor, du lebst wie in einem Luxushotel, aber wenn du rausschaust, siehst du nicht graue Steine und Häuser, sondern Himmel und Meer. Hach, das muss wunderbar sein!« Stephi Bachrach war aufgestanden und blickte versonnen aus dem Fenster. Sie war oft im Haus zu Gast, aber Marie wusste nur, dass sie die Tochter eines reichen Bankiers war. Besonders mit Arthur Schnitzler verband sie eine innige Freundschaft. »Sag mal, apropos sparen, müsst ihr jetzt auch schon Personal sparen? Oder warum muss das Kindermädchen jetzt auch noch servieren?«

Und zu Marie gewandt: »Liebe Marie, verstehen Sie mich nicht falsch, Sie machen das ganz wunderbar, ich möchte nur nicht, dass die Familie Schnitzler Sie ausbeutet.«

»Oh, unsere Stephi! Die alte Kämpferin für Gerechtigkeit!« Olga Schnitzler lachte laut auf.

»Und? Schlecht? Also was ist jetzt mit eurem Dienstmädchen?«

»Die Sophie? Die ist weg … äh, ich meine krank.« Man merkte Olga Schnitzler deutlich an, dass sie nicht über das abwesende Mädchen reden wollte.

»Sie kommt aber bald zurück, dann kann sich Marie wieder voll und ganz um die Kinder kümmern«, beeilte sich Arthur Schnitzler zu sagen und Olga warf ihm einen Blick zu.

»Die Sophie kommt zurück! Die Sophie darf wieder hier arbeiten.« Beinahe hätte Marie das Geschirrtablett fallen lassen, als sie mit dem Ellbogen schwungvoll die Küchentür öffnete.

»Wer hat das gesagt?« Anna war gerade dabei, die Topfencreme zu zuckern und hielt inne.

»Der Herr Doktor hat es gerade zu den Gästen gesagt. Er hat gesagt, dass das Mädchen bald zurückkommt und Marie sich dann wieder ganz um die Kinder kümmern kann.«

»Und die gnädige Frau?«

»Die hat nichts gesagt. Ein bisschen bös geschaut hat sie, aber nichts gesagt.«

»Na, hoffentlich lässt er sich nicht noch umstimmen. Die Sophie hat ja niemanden und ich hab auch keine Lust, ein neues Mädchen anzulernen. Ich hab mit dir schon genug Arbeit.« Anna lachte und schlug mit dem Geschirrtuch in Richtung Marie. »Hast du die Gäste schon gefragt, ob sie Kaffee wollen? Husch, husch.«

SO VIEL WIE IN DEN letzten Wochen hatte Oskar schon lange nicht mehr an seine verstorbenen Eltern gedacht. Eigentlich noch nie. Höchstens damals, als er als kleiner Bub plötzlich ins Waisenhaus gekommen war und sich von heute auf morgen seine zwar bescheidene, aber behütete Kindheit in eine Zeit voller Härte und Grausamkeit verwandelt hatte. Damals dachte er an nichts anderes als an seine Eltern, Tag und Nacht. Zuerst ungläubig staunend. Dann, irgendwann später, kam kalte Wut in ihm auf. Wut und Enttäuschung darüber, dass sie ihn verlassen hatten, dass sie nicht besser aufgepasst hatten, ja sogar, dass er nicht mit ihnen umgekommen war. Er war damals zu klein gewesen, um das Gefühl zu benennen, jetzt, wo er erwachsen war, kannte er den Ausdruck dafür: mit dem Schicksal hadern. Er war wütend und enttäuscht darüber, dass das Schicksal so grausam zugeschlagen hatte, dass ihm seine Eltern genommen worden waren und er diese schrecklichen Nächte im verwanzten Bett eines Schlafsaals verbringen musste. Irgendwann hatte es aufgehört, so furchtbar wehzutun. Er erkämpfte sich jeden Tag aufs Neue seinen Platz in dem Pulk der Kinder und versuchte bei den strengen und manchmal grausamen Erziehern nicht aufzufallen, um nicht zu viele Ohrfeigen einzufangen. Erst als ihn Friedrich Stock mit fünfzehn aus dem Heim geholt und als Lehrling aufgenommen hatte, hatte Oskar Frieden gefunden. Er spürte keine Wut mehr, eigentlich auch keine Traurigkeit, nur manchmal erschrak er, wenn er merkte, dass er sich nicht mehr an die Gesichter seiner Eltern erinnern konnte, ihre Stimmen nicht mehr im Ohr hatte.

Und nun plötzlich dachte er ständig an sie, wollte ihnen mitteilen, dass er Teilhaber einer Buchhandlung war, dass ihm diese eines Tages gehören würde, und vor allem wollte er erzählen, dass er sich verliebt hatte. Einerseits war er stolz und wusste, dass sie glücklich wären, andererseits war er auch komplett verunsichert und hätte so gerne jemanden um Rat gefragt. Wie sollte das weitergehen mit Marie? Er wollte ja nicht ungeduldig sein, aber wie viele Spaziergänge, Museums- und Kaffeehausbesuche mussten sie absolvieren, bis er sicher sein konnte, dass es etwas Ernstes war zwischen ihnen? Obwohl er es ja eigentlich wusste. Er wusste, dass sie die Richtige war, trotz ihrer unterschiedlichen Herkunft und Bildung – ja, das konnte man nicht verleugnen, dass sie aufgrund ihrer Biografie nicht so belesen war und wenig Verständnis für Kultur hatte –, aber schließlich war er das beste Beispiel dafür, dass man auch noch als Beinahe-Erwachsener sehr viel aufholen konnte. Oskar hatte aus seiner Schulzeit auch nicht viel mitgebracht. Er hatte das Einmaleins gelernt, konnte ein paar Gedichte auswendig und ein paar Lieder. Seine Schule damals war nicht mehr als eine Verwahranstalt für die vielen elternlosen Kinder gewesen, frei nach dem Motto: Besser, sie sitzen in den Klassenräumen, als sich auf der Straße rumzutreiben. An seinen Geburtstagen und zu Weihnachten besuchte ihn Herr Stock und jedes Mal brachte er ihm ein Buch mit, das Oskar innerhalb weniger Tage ausgelesen hatte. Er erinnerte sich noch gut daran, wie er mehrere Tage lang mit Mowgli durch den Dschungel gestreift war, mit Captain Ahab Moby Dick zu fangen versucht und mit Robinson Crusoe die Insel erkundet hatte. Was ihn damals aber wirklich bewegt hatte, war die Geschichte von Oliver Twist gewesen. Wie hypnotisiert hatte er stundenlang darin gelesen, sogar in der Nacht las er heimlich beim Licht einer Kerze. Das war wohl das wertvollste Geschenk, das er je bekommen hatte, damals zu seinem fünfzehnten Geburtstag. Immer noch waren ihm die Zeichnungen in Erinnerung, besonders die eine, auf der der kleine Oliver vor einem dicken Mann mit Kochschürze steht und, beäugt von den anderen Buben, nach mehr Essen fragt. Darin hatte er sich damals wiedererkannt, hatte er doch auch ständig Hunger gehabt.

Bücher waren damals seine einzige Zufluchtsstätte gewesen. Er konnte mit ihnen in fremde Welten fliehen, den Nordpol entdecken oder eine Wüste durchqueren und beim Lesen so furchtbare Lebensgeschichten und Schicksale durchleiden, dass er mit seinem eigenen nicht mehr so sehr haderte. Am meisten faszinierten ihn die Bücher, in denen er auf fast magische Weise das Gefühl hatte, es ginge um ihn selbst. Natürlich hießen die Figuren anders und lebten in vergangenen Zeiten oder fremden Ländern, doch manchen von ihnen fühlte er sich so verbunden, als wären sie ein Teil von ihm. Und würden plötzlich sagen, denken oder fühlen, was er selbst so nie hätte in Worte fassen können.

Je mehr er darüber nachdachte, desto klarer wurde ihm: Er musste Marie zum Lesen bringen. Sie war eine kluge, interessierte junge Frau und seine Aufgabe war es, ihr die Welt der Bücher zu eröffnen. Er würde ihr regelmäßig ein Buch schenken, sich genau überlegen, was ihr gefallen könnte. Oder besser gesagt, was sie berühren könnte, denn er wusste aus eigener Erfahrung: Die wirkliche Liebe zu Büchern entwickelte man nur, wenn einem die Geschichten zu Herzen gingen, wenn man mit den Figuren mitlitt oder ihre Glücksmomente teilte.

Er war mit Büchern aufgewachsen, in der kleinen Buchbinderwerkstatt seiner Eltern hatten unzählige Stapel von Papier gelegen. Als er damals als kleiner Bub die Buchstaben gelernt hatte, war nichts Gedrucktes mehr vor ihm sicher gewesen. Er konnte sich noch daran erinnern, als er plötzlich verstanden hatte, dass diese sechsundzwanzig kleinen Zeichen einem eine ganze Welt eröffneten. Sechsundzwanzig Zeichen, um im Kopf einmal um die Erde, ins Mittelalter oder auf den Mond zu reisen.

Nun stand er hier im Buchgeschäft, *seinem Buchgeschäft,* würde er irgendwann mal sagen können, und überlegte, was er Marie das nächste Mal mitbringen könnte. Irgendein Buch, das sie nicht überforderte, aber natürlich auch Tiefgang besaß. Er nahm *Königliche Hoheit* von Thomas Mann zur Hand und blätterte ein wenig darin. Dann fiel sein Blick auf die Regale in der Kinderbuchabteilung und da wusste er, was er Marie schenken würde: *Heidis Lehr- und Wanderjahre.* Auch Oskar hatte dieses Buch gelesen, als er bereits erwachsen gewesen war, und es hatte ihn sehr berührt. Es war zwar ein Kinderbuch, aber schließlich stand drauf: *Eine Geschichte für Kinder und auch für solche, die Kinder liebhaben.* Und Marie hatte Kinder gern. Spätestens bei dem Ausflug in die Menagerie war ihm klar geworden, dass die Arbeit mit Heini und Lili viel mehr für sie war als simpler Lohnerwerb. Sie liebte die beiden aus tiefstem Herzen. Und er war froh, dass er Heidis Geschichte nicht als Kind gelesen hatte. Er hätte sich damals nach seinem Alm-Öhi gesehnt, gehofft, dass auch er irgendwo einen Großvater hätte, der vom Berg steigen und ihn zu sich nehmen würde. Hoffentlich würde Marie die Geschichte nicht zu traurig stimmen. Hatte sie nicht einmal von der geliebten Großmutter erzählt, die sie zu Hause zurückgelassen hatte?

Er trug den Preis von fünf Kronen in sein Anschreibbuch, legte die Buchlaufkarte in den Karteikasten für die Nachbestellungen und schlug das Buch in Geschenkpapier ein.

Friedrich Stock kam aus seiner Mittagspause zurück. Er hatte die Angewohnheit, mittags ein kleines Schläfchen auf dem Sofa zu halten, wohnte er doch gegenüber und war abends oft lange mit Papierkram beschäftigt.

»Ich hab gerade eine Zeitung gekauft. Hast schon gehört, mit dieser Titanic …? Es gibt neue Berichte.«

»Ja?« Oskar bemerkte aus dem Augenwinkel eine Kundin, die hinter Stock durch die Tür trat. Bevor die beiden Buchhändler ihre Unterhaltung wieder aufnehmen konnten, sprudelte es aus der Dame heraus: »Haben Sie schon gehört? Das Schiff! Komplett gesunken! Und alle Passagiere tot! Oder die meisten! Über tausend. Das ist der Wahnsinn, oder? Ich sag's ja immer, die Leut' sollen lieber z'Haus bleiben, dann passiert einem so was nicht.«

Oskar fiel das Päckchen aus der Hand, es landete mit einem dumpfen Geräusch auf dem Boden. »Was sagen Sie da? Friedrich? Stimmt das? Hast du das in der Zeitung gelesen?«

»Ich hab die Zeitung da, schauen Sie«, rief die Kundin – jetzt fiel Oskar auch ihr Name wieder ein, Schott, sie hieß Schott – und wedelte aufgeregt mit der *Kronen Zeitung*. Oskar riss sie ihr aus der Hand und Frau Schott sah ihn erstaunt an. Zu dritt beugten sie sich über den Ladentisch, auf dem sie das Blatt ausgebreitet hatten.

Das größte Schiffsunglück der Welt
Die »Titanic« gesunken – Falsche Meldungen der
Schiffsdirektion – Geheimhaltung der Wahrheit –
Über 1500 Personen ertrunken –
Die Opfer des Rekordwahns – Furchtbare Panik –
Die Nebelhölle von Neufundland.

»Das ist ja furchtbar. Die armen Menschen! Welch grausamer Tod.« Friedrich Stock schüttelte den Kopf. »Unvorstellbar.«

Frau Schott quasselte in einem fort, betonte, dass ihr die Menschen zwar schon leidtäten, sie aber irgendwie auch selbst schuld seien an ihrem Schicksal, und dass es eine Strafe Gottes sei, wenn man so leichtfertig das Geld aus dem Fenster schmeißen würde.

Oskar konnte das Geschnattere der Kundin nicht mehr ertragen, nickte den beiden kurz zu und verließ den Laden. Die Tür fiel äußerst schwungvoll zu.

Er hatte schon zwei Zigaretten vor dem Geschäft geraucht, als Friedrich Stock neben ihn trat. »Was ist denn mit dir?«

»Glaubst du, die Fanni ist ertrunken?«

»Ich weiß es nicht.«

»Es wurden ja auch welche gerettet. Bestimmt ist sie dabei. Mein Gott, ihre armen Eltern. Komm, lass uns reingehen.«

Frau Schott stand inzwischen bei der Kasse und wartete ungeduldig aufs Bezahlen eines kleinen Büchleins. »Wie lange muss man hier denn warten? Sie müssen doch wirklich nicht gemeinsam vor die Tür gehen, meine Herren.« Friedrich Stock entschuldigte sich knapp und kassierte rasch das Buch. Oskar öffnete ihr die Ladentür. »Auf Wiedersehen, Frau Schott. Beehren Sie uns bald wieder und grüßen Sie den werten Herrn Gemahl.«

Als sie draußen war, stürzte Oskar sich auf die Zeitung, die die Kundin auf der Ladentheke vergessen hatte. »Ich bin mal kurz hinten«, murmelte er und Friedrich Stock sagte nichts.

Wort für Wort las Oskar den reißerischen Bericht durch, immer wieder setzte er ab, blickte auf die Bücherregale vor sich, ohne irgendetwas wahrzunehmen. Man sollte das nicht lesen, dachte er und las dennoch den ganzen Artikel durch. Vom Kapitän, der den Auftrag gehabt habe, mit der Jungfernfahrt der Titanic alle Rekorde zu brechen, und deshalb das Schiff mit voller Kraft durch die berüchtigte Nebelhölle von Neufundland getrieben habe, trotz des Wissens um die Eisberge, die es hier zuhauf gab. Darüber, dass die meisten Passagiere schon zu Bett gegangen und vom Aufprall aus dem Schlaf gerissen worden seien. Er stellte sich die schöne Fanni Gold vor, wie sie, nur mit einem Nachthemd bekleidet, aus dem Schlaf hochschreckte und aufs Schiffsdeck lief, und versuchte, gleichzeitig das Bild aus seinem Kopf zu verdrängen. Ohne Erfolg. Im Gegenteil, er sah vor seinem geistigen Auge, wie ihr jemand eine Decke umlegte und sie vom sinkenden Schiff in eines der Rettungsboote sprang.

Sie war sicher gesprungen. Ganz bestimmt. Sie war doch so eine durchsetzungsfähige Frau, und schließlich stand da, dass über achthundert Personen, vorwiegend Frauen und Kinder, gerettet worden seien. Andererseits berichtete man jetzt schon von über tausendfünfhundert Toten. Und Oskar stellte sich die Menschen vor, wie sie um ihr Leben schwammen, doch bald schon, fast gelähmt vor Kälte, hilflos in den Wellen trieben, bevor sie schließlich für immer im Meer versanken.

»Alles in Ordnung mit dir? Du solltest das nicht lesen. Was steht denn da?«

»Glaubst du, wir könnten am Abend zu den Golds gehen? Und fragen, ob sie was wissen? Oder ihnen irgendwie beistehen?«

»Ich weiß auch nicht. Ich will halt nicht, dass sie glauben, wir sind sensationsgierig – so nach dem Motto: Wir kennen jemanden, der auf dem Schiff war, und so. Du weißt schon, was ich meine.«

»Ja, wahrscheinlich hast du recht. Warten wir noch ein paar Tage. Vielleicht gibt es bald Listen von geretteten Passagieren. Und Fanni ist sicher drauf.«

»Ja, ganz bestimmt. So eine patente junge Frau. Sie wurde sicher gerettet.«

Ohne viel Engagement brachten Oskar Nowak und Friedrich Stock den Tag zu Ende, und als sie pünktlich um sechs Uhr die Ladentür absperrten, verabschiedeten sie sich mit einer kurzen Umarmung. Es war eine ungewöhnliche Geste für die beiden, wo sie doch sonst sehr auf Distanz achteten.

Auch in der vollbesetzten Tramway war das Schiffsunglück Gesprächsthema Nummer eins und Oskar wurde schlagartig klar, was seinen umsichtigen Chef dazu bewogen hatte, einen Besuch bei der Familie Gold nicht in Erwägung zu ziehen. Alle hatten etwas zur Unterhaltung beizusteuern, jeder wusste noch grausamere Details, hatte noch sensationellere Neuigkeiten, wusste, wie viele Diamanten, Gold und Kronen an Bord gewesen waren, viele kannten jemanden, der jemanden kannte, der vielleicht an Bord gewesen war. Es widerte ihn an und so stieg Oskar am Maximilianplatz aus. Er wollte den Rest des Weges zu Fuß gehen, vielleicht sogar noch irgendwo einkehren, heute könnte er ein Bier und eine warme Mahlzeit vertragen. Der Gedanke, dass seine geschwätzige Vermieterin mitsamt ihrem dummen Dienstmädchen mit großer Sicherheit zu Hause auf ihn warteten, um den neuesten Tratsch auszutauschen, trieb ihn erst recht dazu, sein Heimkommen hinauszuzögern.

Heute lief er schnell über den Kanal, blickte kein einziges Mal ins Wasser, und als er in der Leopoldstadt war, betrat er das erste Wirtshaus, das auf seinem Weg lag. Es war eine Spelunke, er wurde von ein paar grimmig aussehenden Männern in Arbeiterkluft kurz gemustert. Oskar zögerte, doch sie wandten sich wieder ihren Gläsern zu und er nahm nahe der Tür Platz. Die Kellnerin kam und wischte den Tisch mit einem schmutziggrauen Fetzen ab, dabei beugte sie sich weit vor und präsentierte Oskar ein üppiges Dekolleté. »Na, gnädiger Herr, so allein unterwegs? Was darf's sein?«

»Ein Bier bitte. Und was gibt's zu essen?«

»Ja, darfst du denn schon Alkohol trinken? So ganz ohne Mama?«, lachte sie ihn an. »Krautfleckerl sind noch da. Und Rindsbackerl.«

»Ja, dann bitte einmal die Krautfleckerl«, erwiderte Oskar betont zugeknöpft.

Er trank einen großen Schluck von seinem Bier und spürte, wie ihm der Alkohol sofort in den Kopf stieg. Als die Kellnerin kurz darauf eine große Portion Krautfleckerl brachte, schlang er die ersten Bissen hastig hinunter.

Immer wieder warfen ihm die Männer an der Theke misstrauische Blicke zu. Trotz seines fadenscheinigen, billigen Anzugs war Oskar wohl eine Spur zu fein für dieses Etablissement.

Die Männer, die hier saßen, trugen Arbeitskleidung aus grobem Drillich und ihre Hände waren abgearbeitet und schmutzig. Eigentlich aß Oskar nie, ohne zu lesen, hier aber traute er sich nicht, sein kleines Buch aus der Jackentasche zu holen.

Keine halbe Stunde später stand er wieder auf der Straße, durch die ein kalter Wind pfiff. Obwohl die Tage schon merklich länger geworden waren und das Licht weicher, war es in diesem April ausgesprochen kalt. Alle jammerten ständig übers Wetter. Ein Grund mehr für Oskar, an Fanni im eiskalten Meer zu denken, und er verkroch sich in seiner dünnen Jacke.

Er hatte es wirklich nicht geplant. Eigentlich wollte er nach Hause, aber dann gingen seine Beine wie von selbst wieder zurück über die Brücke in den ersten Bezirk. Plötzlich fand er sich in der Annagasse wieder, er stand auf dem Trottoir gegenüber dem großen Haus und blickte hoch auf die hell erleuchtete Fensterfront.

Oskar hatte keine Ahnung, wie lange er hier gestanden hatte – zehn Minuten, eine halbe Stunde? Da öffnete sich die Haustür und aus dem Schatten des Korridors löste sich eine Gestalt und kam langsam auf ihn zu. Als Oskar den Mann im Schein der Straßenlaterne erkennen konnte, erschrak er: Der große, stattliche Jakob Gold war scheinbar um Jahre gealtert, er wirkte um einiges kleiner, seine Schultern hingen tief herab und jegliche Farbe war aus seinem Gesicht gewichen.

»Was lungern Sie hier herum, mein Junge? Kommen Sie rein, ich hab Sie vom Fenster aus gesehen.«

»Herr Gold. Ich weiß nicht, was ich sagen soll. Ich … ich … ich wollte nicht stören. Es tut mir so leid.«

»Jetzt stehen Sie hier nicht wie ein Hausierer auf dem Trottoir, kommen Sie weiter und trinken Sie ein Glas mit mir.«

Da fiel Oskar auf, dass der Buchhändler nicht ganz sicher auf den Beinen war, er schwankte kurz und Oskar fasste ihn am Arm. »Geht's?«

»Natürlich geht's. Kommen Sie, wir gehen rauf. Meine Frau hat sich hingelegt und ich sitz ganz allein und sinniere vor mich hin.«

Selbst der Salon, den Oskar vom letzten Besuch so behaglich in Erinnerung hatte, wirkte kalt und grau. Das Feuer im Kamin war erloschen, auf dem kleinen Tisch stand ein Glas und eine fast leere Rotweinflasche. Jakob Gold nahm ein zweites Glas aus der Vitrine, leerte den gesamten Inhalt der Flasche hinein und rief nach dem Dienstmädchen. Sie musste irgendwo hinter der Tür gelauert haben, denn sie erschien nach wenigen Sekunden. Auch sie hatte rot geweinte Augen und ihre Hände zitterten, als sie die leere Weinflasche entgegennahm.

»Bringen Sie uns eine neue, Fritzi. Egal welche.«

Der Buchhändler drückte Oskar das Weinglas in die Hand und der wusste: Es gab keine Möglichkeit abzulehnen.

»Weiß man schon was Neues?« Oskar stellte die Frage ganz leise und Jakob Gold vergrub das Gesicht in seinen Händen. »Nichts weiß man. Gar nichts. Ich weiß auch nicht mehr, als in der Zeitung steht. Man will uns für dumm verkaufen. Zuerst lügen alle wie gedruckt und dann lässt man uns hier ohne Informationen sitzen. Vielleicht liegt sie da irgendwo im Wasser, mein Mädel. Vielleicht hat sie es in eines der Boote geschafft. Ich habe keine Ahnung.«

»Sie hat es sicher geschafft.«

»Ja, wissen Sie, ich glaube das auch. Sie hat eigentlich immer alles geschafft, was sie sich in den Kopf gesetzt hat. Warum diesmal nicht?« Er entkorkte die neue Flasche, die das Mädchen schweigend gebracht hatte.

»Wie kann man denn weiterleben, wenn das einzige Kind stirbt?«

»Ich weiß es nicht, Herr Gold. Ich weiß es nicht.«

»Na ja, Sie hatten es ja auch nicht leicht, als Ihre Eltern verstorben sind. Wie alt waren Sie da?«

»Acht Jahre, Herr Gold.«

»Und dann?«

»Dann bin ich ins Heim gekommen.«

»Wie schrecklich. Das tut mir leid für Sie.«

»Ich hab's ja überlebt.«

»Als unsere Fanni acht Jahre alt war, da war sie so ein lebhaftes, aufgewecktes Mädchen, manchmal musste man einschreiten, wenn sie Kunden in der Buchhandlung von einem Kauf abraten wollte.«

»Das hat sie getan?«

»Ja, bei Büchern hatte sie immer so etwas Missionarisches an sich. Wenn sie es gut fand, dann wollte sie, dass jeder es las. Egal ob Erwachsener oder Kind, ob Mann oder Frau, jedem hat sie von ihrem aktuellen Lieblingsbuch erzählt.«

»War sie viel in der Buchhandlung?«

»Und ob. Schon als ganz kleines Baby, da haben wir sie mal in ihrem Körbchen unter einen Tisch gestellt, während einer Lesung von Peter Rosegger. Und mitten in einer dramatischen Szene – es war ganz still, obwohl zweihundert Leute da waren – hat sie plötzlich zu schreien begonnen. Meine Frau wollte sie wegtragen, aber Rosegger hat sie sich auf den Schoß genommen und einfach weitergelesen, dann war sie wieder ruhig.«

Es folgten noch viele Geschichten aus Fannis Leben, und die beiden tranken immer weiter. Seltsamerweise fühlte Oskar sich nicht betrunken. Wie in einem Film sah er das Mädchen in verschiedenen Altersstufen vor sich – als süße Vierjährige, die alle Strophen sämtlicher Balladen auswendig aufsagen konnte, als ungelenke Zwölfjährige, die an der Seite ihres Vaters im Theater saß, im Textheft das Stück mitlas und streng die Brauen hob, wenn die Schauspieler zu sehr von der Vorlage abwichen. Und immer wieder die schöne junge Frau, die ihm im Sacher gegenübersaß und selbstbewusst erklärte, dass sie nicht Männer, sondern Frauen liebe.

»Wenn sie nur wiederkommt. Sie darf leben, wie sie will. Von mir aus verkauf ich auch die Buchhandlung oder sie wird sie alleine führen, ganz ohne Mann, und ich verzichte auch auf Enkelkinder, wenn sie nur gerettet wurde!« Jakob Gold war inzwischen in seinem Fauteuil sehr weit nach unten gerutscht. Irgendwann wurden seine Sätze verworren und die Wörter undeutlich und Oskar hatte das Gefühl, dass der ältere Herr in den kurzen Sprechpausen immer wieder einnickte.

Schließlich wurde es still im Salon, Jakob Gold hatte den Kopf zurückgelehnt, die Augen geschlossen. Aus seinem offenen Mund kamen leise Schnarchlaute. Oskar nahm eine Decke vom Sofa und legte sie dem Buchhändler über die Knie. Dann verließ er leise das Haus. Er begegnete niemandem, auch das Dienstmädchen schien sich längst zurückgezogen zu haben. Erst in der kalten Nachtluft bemerkte er, wie betrunken er war.

AM SAMSTAG KAM Sophie zurück. Sie war blass und ihre Nase sprang spitz aus dem Gesicht, aber sie lächelte, als sie die paar Stufen zum Haus raufging.

Anna sah sie streng an und polterte: »Na endlich bist wieder da. Die ganze Arbeit musst ich allein machen, während du auf der faulen Haut gelegen hast. Zeit wird's.« Doch wenn man genau hinsah, bemerkte man die Tränen in ihren Augenwinkeln, und schließlich nahm die dicke Köchin das Dienstmädchen in den Arm und murmelte: »Ach, Kinderl, was du für Sachen machst. Aber aus und vorbei, das Leben geht weiter.«

»Schön, dass ich wieder da sein kann. Ich freue mich so. Ich geh mich nur rasch umziehen, dann komm ich arbeiten. Was hamma heute? Wäsche? Gäste?«

»Solltest du dich nicht noch ein wenig schonen?« Marie nahm ihr die kleine Tasche ab. »Du siehst müde aus.«

»Geschlafen habe ich genug in den letzten Tagen, jetzt wird gearbeitet.« Sophie blickte Marie über die Schulter und senkte sofort den Blick. Die gnädigen Herrschaften waren aus dem Salon getreten und blieben in der Tür stehen. Anna verschwand in der Küche, Marie trat einen Schritt zur Seite und Sophie ging mit gesenktem Kopf auf den Doktor zu und machte einen tiefen Knicks. »Gnädiger Herr, gnädige Frau, ich weiß gar nicht, wie ich Ihnen danken soll. Sie haben mein Leben gerettet.«

»Ja, ein Leben, das du fast weggeworfen hättest, wegen ein bisschen Amüsement.« Der Satz kam aus Olga Schnitzlers Mund und Sophie erstarrte.

»Sehr wohl, gnädige Frau, ich bin voller Reue.«

Marie spürte den Zorn in sich aufsteigen. Wie anmaßend diese Frau manchmal war. Sie hatte doch keine Ahnung, wie Sophie in diese Situation geraten war und welche Höllenqualen sie ausgestanden hatte, und dennoch verurteilte sie sie mit einem einzigen Satz. Sie sah, wie Sophie die Tränen in die Augen traten und sie sich auf die Lippen biss. Auch wenn Marie nicht viel über Sophie wusste, das Wort »Amüsement« war bestimmt kein Ausdruck, der etwas mit Sophies Lebenssituation zu tun hatte – weder jetzt noch vorher, da war sich Marie sicher.

Marie hatte in den letzten Tagen viel an Oskar gedacht. Natürlich war auch im Hause Schnitzler das furchtbare Schiffsunglück ein großes Thema, insbesondere Heini konnte gar nicht genug bekommen, fragte ständig nach Details zur Katastrophe. Wie groß so ein Eisberg sei, wie tief das Meer, wie schnell so ein Schiff fahren könne, wie lange es wohl dauere, bis es bremste, wie viele Minuten man es im kalten Wasser aushalten würde – all das waren Dinge, die ihn unaufhörlich beschäftigten. Sogar die Sonnenfinsternis war dabei in den Hintergrund getreten. Marie versuchte den Buben zu beruhigen, sie mochte es gar nicht, wenn er sensationslüstern immer wieder alles durchkaute – schließlich ging es um Menschenleben. Sie verbarg sogar die Zeitung vor ihm. Doch all das half nichts, am Freitag brachte er ein völlig zerlesenes Titelblatt der *Kronen Zeitung* aus der Schule nach Hause, und als Marie in die Küche kam, fand sie Anna, Heini und sogar die kleine Lili tief über den Tisch gebeugt.

»Was habt ihr denn da?«

»Marie, das musst du dir anschauen! Da ist eine Zeichnung von der Titanic. Schau mal, wie groß die ist!«

Marie betrachtete die Zeichnung, die ein riesiges Schiff mitten in der Kärntner Straße zeigte. Alle Häuser überragend schob es sich durch die Prachtstraße und die Menschen davor waren klein wie Ameisen. Auf der zweiten Abbildung sah man den Stephansdom und daneben senkrecht wieder den Ozeandampfer. Heini war begeistert: »Schau doch mal, der Stephansdom, der ist nur 137 Meter hoch und das Schiff daneben fast doppelt so groß. 270 Meter!«

Da spürte Marie das erste Mal so etwas wie Zorn gegen den Buben in sich aufwallen und sie atmete einmal tief ein.

»Heini, kommst du mal? Ich muss etwas mit dir besprechen.«

»Ja, ja, ich mach gleich meine Hausaufgaben.«

»Darum geht's jetzt nicht. Kommst du?«

Heini folgte Marie in sein Zimmer und Marie setzte sich aufs Sofa. Sie klopfte auf den Platz neben sich und bedeutete Heinrich, sich zu ihr zu setzen. Der Kleine blickte sie erwartungsvoll an.

»Heinrich, ich weiß, dass du das alles recht spannend findest mit dem Schiff.«

»Ja?«

»Aber weißt du, das ist keine aufregende Geschichte, wie in einem deiner Bücher. Da sind ganz viele Menschen gestorben.«

»Ich weiß.«

»Verstehst du das? Da geht's nicht darum, welches Schiff größer und schneller ist, da geht's darum, dass über tausend Menschen ertrunken sind. Kannst du dir vorstellen, wie viel *tausend* Menschen sind?«

»Nein.«

»Sehr, sehr viele. Viel mehr, als in deine Schule gehen. Und Kinder und Väter und Mütter. Und Großeltern. Das sind alles Menschen, die jemanden haben, der jetzt sehr verzweifelt ist.«

Heini sagte nichts und baumelte mit den Füßen.

»Du bist doch auch immer traurig, wenn die Eltern verreisen. Stell dir vor, sie würden nicht mehr zurückkommen!«

»Warum sagst du das?« Heinis Unterlippe zitterte.

»Weil ich will, dass du das verstehst. Da geht's nicht um das tolle Schiff. Da geht's um Menschen.«

»Gut.«

»Hast du verstanden, was ich meine?«

»Ja, ich glaube schon.«

»Fein, dann geh jetzt Hände waschen, wir essen gleich.«

Den ganzen Nachmittag über war Heinrich recht ruhig. Er spielte ein wenig mit seiner Eisenbahn, lag auf dem Kanapee und las. Marie machte sich schon Vorwürfe, dass sie ihn im Gespräch zu hart angepackt hatte. Als es später endlich zu regnen aufhörte, forderte Arthur Schnitzler seinen Sohn zu einem Spaziergang auf. Das Kindermädchen war froh – Heini liebte die Ausflüge mit seinem Vater und meist kam er gut gelaunt zurück.

Sie waren lange unterwegs, Lili war schon recht müde und fragte ständig nach dem Bruder, da kamen sie zur Tür rein und Heini stürzte sich hungrig aufs Abendbrot. Der gnädige Herr legte Hut und Mantel ab und ging ins Wohnzimmer. »Ach, Marie?« Er blieb kurz stehen, wandte sich aber nicht um.

»Bitte, gnädiger Herr?«

»Wir essen heute auswärts und gehen dann ins Theater. Wir sind also nicht zum Abendbrot da.«

»Sehr wohl.« Marie wollte schon in der Küche verschwinden, da richtete er noch mal das Wort an sie. »Und noch was, Marie.« Nun blickte er sie an.

»Ja, bitte?«

»Das haben Sie gut gemacht mit dem Heini und dem Schiffsunglück. Er war ganz betroffen.«

»Das tut mir leid. Hoffentlich grämt er sich nicht sehr.«

»Nein, Sie haben vollkommen recht gehabt. Diese ganze Sensationsgier muss man unterbinden.«

»Danke, Herr Doktor.«

»Wir machen heute Abend noch eine kleine Weiberrunde.« Anna formulierte es nicht als Frage, es klang mehr wie ein Befehl. Marie hatte überhaupt nichts dagegen, sie liebte die gemütlichen Gespräche in der Küche, wenn die gnädigen Herrschaften außer Haus waren und die Kinder im Bett. Am besten war es, wenn es draußen stürmte, dann fühlte sich Marie in der immer warmen Küche geborgen und zu Hause. Am liebsten würde sie hier nie wieder ausziehen, würde bleiben, bis die Kinder groß waren, ja manchmal stellte sie sich sogar vor, wie sie mit Lili ein Kleid aussuchen würde für deren erstes Rendezvous.

Anna hatte Speck aufgeschnitten und Brot, daneben standen ein großes Stück Butter und eine Schüssel mit Salzgurken. Sophie saß schon am Tisch und knabberte an einem Butterbrot.

»Schlafen die Kinder?«

»Ja, alles ruhig da oben.«

Anna schlüpfte aus den Schuhen und rieb ihre Füße aneinander. »Dieses Jahr wird's wohl gar nicht warm. Mir reicht's langsam mit der Kälte.« Und zu Sophie gewandt: »Iss ein bisschen Speck, Mädel. Du siehst aus wie ein Gespenst. Hat's im Spital nichts zum Essen gegeben?«

»Doch, schon. Ich hatte bloß keinen Appetit.«

»Ja, du musst wieder ein bisserl zunehmen. Dich haut ja das kleinste Frühlingslüfterl um.«

Sophie nahm ein Stück Speck und eine Gurke. »Ich wollt mich noch bedanken bei euch.«

»Das brauchst du nicht.«

»Doch. Ihr habt mir das Leben gerettet. Und wer weiß, wenn ihr nicht wärt, dann hätten mich die gnädigen Herrschaften vielleicht gar nicht mehr zurückgenommen.«

»Jaja, eh.« Anna war die Dankesrede sichtlich unangenehm. »Nur das mit dem Zimmerputzen, da bist uns noch was schuldig. Das war eine echte Sauerei.«

»Ja, ich weiß. Es tut mir auch leid.«

»Das war ein Witz. Aber jetzt sag mal, wie bist denn auf die Idee mit der Engelmacherin gekommen?«

»Das war nicht meine Idee.«

»Von wem war sie dann?«

»Na, vom Franz halt.«

»Jetzt sag bloß! Franz heißt er also, dieser Falott! Und wo hast den her?«

»Ein Fiakerfahrer ist der. Er hat mich mal heimgebracht, wie es so geregnet hat.«

»Na, davon kommt man aber nicht in andere Umständ'.«

»Ja, ich weiß. Wir haben uns ein paarmal getroffen. Er hat mir halt so schöne Augen gemacht und mir versprochen, dass er mich heiratet.«

»Und dann ist er dir an die Wäsch' gegangen.«

Marie bemerkte Sophies Tränen in ihren Augen und stieß Anna mit dem Ellbogen an. »Anna, hör auf. Siehst doch, dass es nicht leicht ist für sie.«

»Lass sie, Marie, es ist schon gut, wenn ich's euch erzähl.«

Und dann wischte sie mit einer entschiedenen Geste ein paar Brotkrümel vom Tisch und erzählte von Franz, der in Ottakring ein kleines Zimmer hatte und jeden Tag mit seinen zwei weißen Pferden in die Stadt fuhr. Dass er einen schönen Bart habe und lustige Augen und mit den Tieren gut umgehen könne. Sophie liebte es, in der Kutsche zu sitzen, und wenn Franz dann zu ihr »meine Prinzessin« sagte, dann war sie im siebten Himmel. Verschämt erzählte sie, wie sie das erste Mal bei ihm auf dem Zimmer gewesen war, im Herbst. Draußen war es schon schrecklich kalt gewesen und er hatte den kleinen Ofen angemacht.

»Und dann haben wir uns geküsst und es war so schön und dann hab ich mir gedacht, wenn ich ihn nicht mehr machen lass, dann sucht er sich eine andere.«

»Das ist doch immer das Gleiche mit den Mannsbildern.« Anna stand auf und ging in die Speisekammer. Man hörte sie rumoren, und als sie wieder kam, hatte sie eine Flasche Rotwein in der Hand. »Wusste ich doch, dass die noch irgendwo ist. Ich glaube, jetzt ist der richtige Zeitpunkt.« Geschickt entkorkte sie die Flasche und schenkte allen ein Glas ein. Marie hatte noch nie Wein getrunken, sie nippte kurz und war überrascht: Das schmeckte anders als alles, was sie bisher getrunken hatte.

»Und dann?« Anna war unerbittlich, und obwohl Marie neugierig war, überkam sie plötzlich das Bedürfnis, sich die Ohren zuzuhalten.

»Na ja, dann war er nicht mehr so lieb und vom Heiraten war keine Red mehr.« Auch Sophie trank einen großen Schluck aus ihrem Glas. »Dann hat er mir diese Adresse gegeben. Es war eine Wohnung in der Josefstadt und die Frau hat gesagt, sie kann mir helfen.«

»Man müsste sie anzeigen. Du hättest sterben können.«

»Ja, das weiß ich jetzt auch. Aber es ist ja am Ende alles gut gegangen.«

Sie saßen noch lange in der Küche, tranken Wein und aßen den ganzen Speck auf. Anna redete den jungen Frauen ins Gewissen, und als sie fragte, ob die beiden eigentlich wüssten, wie das denn gehe mit dem Schwangerwerden, und ob sie es ihnen erklären solle, winkten Sophie und Marie kichernd ab. »Wir wissen es, Anna! Verschone uns mit den Details.«

»Na, ich hoffe, das stimmt. Ich hab keine Lust mehr auf solche Gschichten.«

Als Marie nach oben in ihre Kammer ging, spürte sie den Alkohol im Kopf. Sie schaute noch einmal nach den Kindern – Heini lag wie immer völlig vergraben in seinem Bett und Lili hatte wieder mal die Tuchent weggestrampelt –, dann legte sie sich nieder und das Zimmer drehte sich ein wenig um sie herum.

Vielleicht hätt die Anna doch ein bisserl was erklären sollen, dachte sie, es gibt so viele Dinge, die ich nicht weiß.

Bevor sie in einen tiefen, traumlosen Schlaf fiel, hörte sie die Herrschaften nach Hause kommen und dachte noch kurz an die Weinflasche auf dem Küchentisch. Anna hatte sie sicher weggeräumt.

SIE TRAFEN SICH um zehn am Maximilianplatz, und obwohl Marie eine Viertelstunde zu früh war, stand Oskar schon da. Am Morgen hatte sie ständig an das Küchengespräch von gestern gedacht und sich vorgenommen, ihm klarzumachen, dass sie sich sicher nicht in so eine Lage bringen würde. Doch als sie Oskar da so stehen sah und sah, wie sehr er sich freute, als er sie erblickte, war sie sicher, dass sie ihm vertrauen konnte.

»Und was machen wir heute?« Marie schaute Oskar erwartungsvoll an.

»Ja, wir können ins Kaffeehaus gehen, wenn du magst. Leider muss ich nachher noch in die Buchhandlung. Letzte Woche ist so viel liegen geblieben.«

»Ich komm mit und helf dir.«

»Ja? Magst du?« Oskar strahlte über das ganze Gesicht.

»Ja, sicher. Du hast mir ja auch mit den Kindern geholfen.«

»Das war wunderschön mit euch in der Menagerie. Außer, dass du nicht mit mir geredet hast.« Er grinste sie an. »Aber jetzt ist ja alles gut. Die gnädige Frau spricht wieder mit mir.«

»Ja, die gnädige Frau hatte gute Gründe, nicht mit dir zu sprechen«, lachte Marie und dann wurde sie schlagartig ernst: »Weiß man denn schon was Neues?«

Oskar erzählte ihr von dem Abend bei Jakob Gold, über die Trauer und Verzweiflung des Buchhändlers, der glaubte, sein einziges Kind verloren zu haben. »Weißt du, das Schrecklichste ist, dass man nichts tun kann. Alles, was man in so einer Situation sagt, ist völlig belanglos angesichts der Angst und dieser lähmenden Ungewissheit.«

»Du warst bei ihm. Das hat ihm sicher viel bedeutet. Gibt es nicht irgendwo Listen mit Überlebenden?«

»Noch nicht. Das dauert wahrscheinlich noch.«

»Schrecklich. Dass man nicht weiß, was ist, ist wahrscheinlich das Schlimmste für Eltern.«

»Aber deine Eltern wissen auch nicht, was mit dir ist.«

»Was meinst du?«

»Na, du bist einfach weggegangen und seitdem wissen sie nicht, wie es dir geht.«

»Das ist was anderes.« Marie beschleunigte ihren Schritt und zog die Schultern hoch.

»Ja, ich weiß schon. Trotzdem.«

»Meinen Eltern ist es völlig egal, ob ich noch lebe und wie es mir geht. Ich war ihnen immer egal.«

»Das glaub ich nicht. Du bist verbittert und hart.«

»Oskar, ich bin nicht weggegangen, sie haben mich weggegeben. Da war ich fast noch ein Kind. Nur ein paar Jahre älter, als der Heini jetzt ist. Und du willst mir erklären, es wäre ihnen wichtig, was mit mir ist?«

»Ja, vielleicht bereuen sie es längst.«

»Das kann ich mir nicht vorstellen. Außerdem hab ich ihnen regelmäßig Briefe geschrieben, es kam nie eine Antwort.« Sie blieb stehen und blickte in ein Schaufenster. »Nur an die Oma denk ich manchmal. Ob sie noch lebt?«

»Wie alt ist sie denn?«

»Ich weiß nicht genau. Alt.«

Sie standen vor dem Café Central, und gerade als Oskar die Tür öffnen wollte, hielt ihn Marie am Jackenärmel fest und sagte: »Weißt, was? Ich hab keine Lust auf Kaffeehaus und Leute und so. Lass uns gleich in die Buchhandlung fahren.«

»Wirklich?«

»Ja, wirklich. Kaffee gibt's da auch.«

»Ja, und noch ein altes Kipferl von gestern«, lachte Oskar.

»Oh, wie nobel!«

Er liebte die Buchhandlung außerhalb der Öffnungszeiten. Der Geruch nach Papier, Druckerschwärze und Staub war noch intensiver ohne Menschen im Raum und alles lag ein wenig im Halbdunkel. Immer wenn er das Licht anmachte, stellte er sich vor, wie die Romanfiguren rasch wieder zwischen ihre Buchdeckel sprangen und ihre Plätze einnahmen.

»Schau dich erst ein bisschen um, ich muss hinten mal den Schreibtisch kurz aufräumen. Kaffee?«

»Ja, sehr gerne.« Marie schritt voller Ehrfurcht die Regale ab. So viel Wissen war hier versammelt und jedes einzelne Buch war von jemandem geschrieben worden. Jemandem wie dem Herrn Doktor, der Tag für Tag in seinem Arbeitszimmer verschwand und sich die Geschichten anderer Menschen ausdachte. Früher hatte sie nie darüber nachgedacht, aber seit sie in einem Haushalt lebte, der quasi vom Schreiben finanziert wurde, betrachtete sie die Schriftstellerei als ehrbaren Beruf.

»Hast du das alles gelesen?«, rief sie ins Hinterzimmer, und als Antwort kam ein schallendes Lachen zurück: »Da müsst man ein paarmal leben, um das alles zu lesen.«

Oskar sah plötzlich das Päckchen auf dem Tisch liegen, vergraben unter Verlagsprospekten. Er hatte das Buch für Marie ausgesucht, auch schon in Geschenkpapier gewickelt, doch dann war die Nachricht vom Unfall der Titanic gekommen und er hatte es völlig vergessen.

»Ich hab ein Geschenk für dich.«

»Für mich? Ich hab aber gar nicht Geburtstag.«

»Das ist doch egal. Wann hast du denn eigentlich Geburtstag?«

»Am 18. Juli. Mitten im Sommer.«

»Und wo bist du geboren?«

»Na, zu Hause am Hof.«

»Ja, aber wo ist der Hof?«

»In Kirchschlag. Im Mühlviertel. Was ist das jetzt? Ein Verhör? Wo ist mein Geschenk?« Marie stand vor ihm und lachte ihn an. Da durchströmte Oskar so ein Glücksgefühl, dass er sie am liebsten sofort in den Arm genommen hätte. Diese Augen ... wie sie ihn anstrahlten. Und wie die dunklen Strähnchen, die sich aus den Zöpfen gelöst hatten, in ihr Gesicht hingen. Und überhaupt, wie sie da so stand und ihn erwartungsvoll ansah. Er hatte noch nie so etwas gefühlt. Oskar schluckte kurz und reichte ihr das Päckchen, Marie riss wie ein ungeduldiges Kind das Papier herunter und strich mit den Händen über den Buchdeckel.

»Kennst du es schon?« Oskar bemerkte ihr Zögern.

»Nein, natürlich nicht. Das ist das zweite Buch, das ich besitze. Ich darf es doch behalten?«

»Ja natürlich. Es ist ein Geschenk. Keine Leihgabe. Ich hoffe, es gefällt dir.«

»*Heidis Lehr- und Wanderjahre. Eine Geschichte für Kinder und auch für solche, die Kinder liebhaben.*« Marie las den Titel laut vor und schlug dann ganz vorsichtig das Buch auf. »Um was geht es da?«

»Um ein kleines Mädchen, das keine Eltern mehr hat und von seiner Tante zu seinem Großvater in die Berge gebracht wird.«

»Und geht's ihm da gut?«

»Das musst du selber lesen. Der Großvater ist ein kauziger alter Mann, der mit kleinen Mädchen gar nichts anfangen kann. Aber du weißt ja, wie das ist mit Kindern. Und wenn es dir gefällt, gibt's gleich noch einen zweiten Teil.«

»Ich freu mich sehr. Vielen Dank.« Marie kam auf ihn zu und nahm sein Gesicht in beide Hände. Dann beugte sie sich vor und küsste ihn zart. Ihm wurde ganz schwindelig und plötzlich wusste er genau, wie das mit dem Küssen ging. Er zog sie an sich und hielt sie fest in seinen Armen. Sie gab sofort nach und dann öffnete sie ihren Mund und ... »Aus! Was machst du da?« Doch Maries Stimme klang gar nicht böse, sie hatte die Frage ganz leise in sein Ohr geflüstert und war dabei keinen Millimeter zurückgewichen. Oskar vergrub sein Gesicht in ihrem Haar und sagte leise: »Entschuldige. Ich wollte nicht ... Hach, ich hab dich halt so gern.«

»Ich dich auch. Aber wolltest du nicht arbeiten?«

»Ja, das wollte ich. Weißt, was? Du setzt dich jetzt hier ein bisschen in den Sessel und ich sortier die Rechnungen. Und dann hilfst mir noch ein Schaufenster machen.«

»Vor Stunden wurde mir Kaffee versprochen. Ich werde mich beim Besitzer des Lokals beschweren«, lachte Marie und setzte sich in den bequemen Fauteuil, der mitten im Verkaufsraum stand.

»Bitte schön. Darf ich vorstellen? Oskar Nowak, Miteigentümer der Buchhandlung Friedrich Stock. Ich nehme Ihre Beschwerde gerne entgegen.«

»Wie? Was meinst du?«

»Das wollte ich dir die ganze Zeit schon erzählen, aber es war nie die Gelegenheit. Friedrich Stock hat mich zum Teilhaber gemacht. Und er will, dass ich die Buchhandlung einmal übernehme.«

»Das ist ja großartig! Wirklich?«

»Ja, schau her. Hier, das ist die Zeitung, die alle Buchhändler bekommen, da steht es schwarz auf weiß.« Er legte Marie eine Ausgabe der *Buchhändler-Correspondenz* in den Schoß und sie las laut vor: »*Hierdurch beehre ich mich mitzuteilen, daß ich meinen bisherigen Angestellten, Oskar Nowak, als Teilhaber in meine Firma aufgenommen habe. Friedrich Stock. Währinger Straße 122, Wien-Währing.* ... Unglaublich, du bist ... ich mein, du wirst dieses Geschäft einmal führen.«

»Ja, ich kann das selber gar nicht fassen. Gut, das wird noch dauern, also Herr Stock ist ja noch nicht alt. Aber ich bin Teilhaber.«

»Na, dann solltest du dich doch nach einer Buchhändlerin umsehen.« Marie lächelte zaghaft, als mache sie einen Witz, den sie selbst nicht lustig fand.

»Ich hätt schon eine im Aug. Und jetzt schau ma mal, was die kann.«

Marie stieg darauf ein: »Gut, ich bin bereit. Was soll ich tun?«

»Hast du eine schöne Schrift?«

»Ja, die Lehrerin hat mich immer gelobt. Sie hat gesagt, ich könnt Schildermalerin werden.«

»Das kannst du jetzt gleich mal probieren. Wir machen eine Auslage zum Thema ›Wandern‹ und du machst ein Plakat dazu.«

»Wirklich? Ich? Aber wenn ich mich verschreibe?«

»Dann musst du's noch mal schreiben.«

»Gut, ich pass auf.«

»Schau, hier ist die Vorlage. Kannst du daraus was basteln?« Oskar blätterte wieder in der *Buchhändler-Correspondenz* und Marie las die Anzeige durch:

Sie wollen hinaus ins Freie reihenweise.

Ihren Kunden Karten und Pläne empfehlen, welche wirklich genau gearbeitet sind und an welchen Sie außerdem viel verdienen. Benutzen Sie daher die Gelegenheit, wo alles strömt, und halten Sie die Freytag'schen Touristen-Wander- und Ausflugskarten stets auf Lager resp. stellen Sie dieselben ins Schaufenster. Von der Unentbehrlichkeit dieser Karten ist man in Touristenkreisen bereits seit Langem überzeugt; es verkaufen sich dieselben sehr leicht. Wir rabattieren bis zu 50%.

»Und was soll ich da schreiben?«

»Na, dass die Wanderkarten sehr gut sind und unentbehrlich, damit man sich nicht im Wald verläuft.«

Marie saß vor dem großen Plakat und malte mit zwei Stiften – einem roten und einem blauen – in ihrer schönsten Schrift ein Plakat fürs Schaufenster. Zweimal verschrieb sie sich, bat Oskar um ein neues Blatt und begann wieder von vorne. Schließlich war sie fertig und präsentierte stolz ihr Kunstwerk.

Sie wollen hinaus in Freie? Sie wollen den herrlichen Wienerwald genießen? Gehen Sie nicht ohne genaue Karten und Pläne, damit Sie auch sicher wieder nach Hause finden.

»Du bist ja ein Naturtalent. Viel mehr als eine einfache Schildermalerin! So, jetzt hängen wir eine Karte auf und dann dein Plakat. Und ich hab auch noch ein paar Steine und Äste vorbereitet und Stock hat mir außerdem einen alten Bergschuh gegeben, der muss da irgendwo sein. So, fertig ist die Auslage.«

Lange stand Marie vor dem Schaufenster und betrachtete es. Immer wieder las sie das Plakat durch. In den nächsten Wochen würden alle Menschen, die hier vorbeikamen, dieses Schild lesen. Und keine Ahnung davon haben, dass sie – das Bauernmädchen aus Kirchschlag, Kindermädchen in der Sternwartestraße – dieses Plakat gemalt hatte.

EIGENTLICH HATTE ER den Entschluss schon vor Tagen gefasst, aber nun war er sicher. Er musste es einfach tun.

»Friedrich, kann ich ein paar Tage frei haben? Ich muss wegfahren.«

»Jetzt? Na ja, warum eigentlich nicht? Du hast eh nach Weihnachten keinen Urlaub gehabt und viel los ist auch nicht. Dann gleich ab morgen? Wann kommst wieder?«

»Weiß nicht genau, drei, vier Tage?«

»Gut. Wo musst du denn hin, so dringend?«

»Nach Oberösterreich. Ich muss da was erledigen.«

»In Oberösterreich?«

Um acht Uhr früh war Oskar am Westbahnhof und kaufte sich eine Fahrkarte nach Linz. Im Rucksack hatte er ein Stück Brot und Käse, ein frisches Hemd zum Wechseln, ein Buch und eine Landkarte des Mühlviertels.

Schön langsam wurde es endlich Frühling. Als der Zug nach Hütteldorf-Hacking durch den Wienerwald fuhr, bemerkte Oskar die zartgrünen Blätter auf den Bäumen. Normalerweise konnte Oskar in jeder Situation lesen, in der Tramway, in der Natur oder wenn er irgendwo warten musste, aber heute war es schwierig. Immer wieder schweiften seine Gedanken ab, er blickte aus dem Fenster, betrachtete die vorüberziehende Landschaft, ohne sie wahrzunehmen. Er war noch nie so weit von zu Hause weggefahren, bisher hatte es nie einen Grund dafür gegeben.

Oskar hatte die Landkarte genau studiert, vom Linzer Bahnhof musste er durch eine Straße, die sich sinnigerweise »Landstraße« nannte, aber anscheinend *die* Linzer Einkaufsstraße war, mit elektrischer Straßenbahn und allem drum und dran, dann über eine Brücke und auf der anderen Seite der Donau immer weiter in den Norden. Dieses Kirchschlag war laut Karte nicht viel weiter als fünfzehn Kilometer von Linz entfernt, das könnte er zu Fuß heute noch schaffen. Dort würde er sich ein billiges Gasthaus zum Übernachten suchen oder, wenn es nicht zu kalt war, irgendwo im Heu schlafen. Und dann, am nächsten Tag, würde er an die Tür von Maries Elternhaus klopfen. Oskar hatte sich nicht überlegt, was er sagen würde, wenn er Maries Vater oder Mutter gegenüberstand, aber er war ja ein paar weitere Stunden unterwegs, da würde ihm schon noch etwas einfallen.

Nachdem er die Donau über eine große Metallbrücke überquert hatte, verlief er sich ein wenig, bevor er die richtige Straße aufs Land fand. Und als er außerhalb der Stadt war, begann es überflüssigerweise auch noch leicht zu nieseln. Inzwischen war es Nachmittag, Oskar hatte sein mitgebrachtes Brot längst aufgegessen und wollte in kein Gasthaus einkehren. Die Fahrkarte war teurer als erwartet gewesen, und wenn das Wetter schlechter werden würde, brauchte er noch Geld für eine Übernachtung.

Inzwischen war Oskar nicht mehr ganz so sicher, ob die Fahrt nach Oberösterreich wirklich eine gute Idee gewesen war. Was erwartete er eigentlich? Während er die regennasse Landstraße entlangging, formulierte er in einem fort Sätze, mit denen er sich Maries Eltern vorstellen würde. Wie würden sie reagieren? Und konnte er ihnen einfach sagen, dass er ihre Tochter liebe und sich gerne mit ihr verloben würde? Als er während der letzten Tage immer wieder darüber nachgedacht hatte, war ihm das alles viel einfacher vorgekommen. Sicher waren sie froh, dass Marie am Leben war, dass es ihr gut ging, dass sie eine respektable Stellung hatte und dass sie einen anständigen Mann wie ihn kennengelernt hatte. Doch je länger er ging, je mehr er sich Maries Geburtsort näherte, desto unrealistischer, ja geradezu verrückt erschien ihm diese Vorstellung.

Inzwischen war Oskar nass bis auf die Unterwäsche und die Gegend wurde immer einsamer. Seit mindestens einer halben Stunde war er an keinem einzigen Haus mehr vorbeigekommen, ja nicht einmal einen Heustadel hatte er gesehen, wohl oder übel musste er weitergehen.

»Lisl! Mitzi! Da komm her!«

Oskar war so in Gedanken versunken, dass er die kleine Kuhherde gar nicht bemerkt hatte, die sich auf einem schmalen Pfad in Richtung Straße bewegte. Und jetzt sah er auch den Buben, der verzweifelt versuchte, zwei Kühe, die sich vom Weg entfernt hatten und langsam, aber entschlossen in Richtung Waldrand trotteten, wieder einzufangen. Ohne darüber nachzudenken, lief Oskar über die nasse Wiese und stellte sich den Tieren in den Weg, und das, obwohl er noch nie eine frei laufende Kuh aus der Nähe gesehen hatte. Er wunderte sich selbst über seine Courage und noch mehr darüber, dass die beiden Tiere einfach vor ihm stehen blieben und ihn stur anglotzten. Weder er noch die Kühe, so schien es, wollten den ersten Schritt tun. Da kam der Kleine angerannt, Oskar sah aus dem Augenwinkel, wie er heftig mit einem langen Stock wedelte. Schließlich schwenkten die beiden großen Tiere ihre Köpfe und setzten sich in Bewegung, zurück zu ihrer Herde.

»Vergelt's Gott.«

»Wie bitte?«

»Ich hab gesagt: Vergelt's Gott. Danke, dass Sie die Viecher aufgehalten haben. Die sind da letzte Woche schon mal in den Wald. Oder sprechen Sie kein Deutsch?«

Das Kind – Oskar sah jetzt, dass der Bub kaum älter war als Heini – umkreiste die Kühe geschickt, behielt sie im Auge und redete gleichzeitig auf Oskar ein.

»Sprechen Sie Deutsch? Oder Tschechisch? Woher kommen Sie? Was machen Sie da?«

»Ich spreche Deutsch. Ich heiße Oskar und komme aus Wien.«

»Aus Wien!« Vor Begeisterung blieb dem Kind der Mund offen stehen. »Und haben Sie den Kaiser schon mal gesehen?«

»Ja, ein Mal. Da ist er in der Kutsche vorbeigefahren. Ich hab aber nur seine Hand gesehen. Pass auf, dass die Kühe nicht wieder weglaufen.«

»Gehst mit? Ist nicht mehr weit zum Stadel.«

»Ja, gerne. Wie heißt du denn?«

»Öllinger Karl. Also Karli. Weil – mein Vater heißt auch Öllinger Karl und ich bin der Karli.«

»Und du wohnst da?«

»Ja, da hinten. Da schau, hinter der Kurve, da ist unser Hof.«

»Und da bringst du jetzt die Kühe hin?«

»Ja. Du fragst aber auch komisch.« Karli war zum Du übergegangen und freute sich sichtlich über die unverhoffte Begegnung. »Aber was machst du hier bei uns, wenn du aus Wien bist? Und wie bist hergekommen? Zu Fuß?«

»Aber geh, das ist ja viel zu weit. Mit der Eisenbahn bin ich gefahren, bis Linz. Und von dort aus zu Fuß gegangen.«

»Ich war erst einmal in Linz. Bei der Erstkommunion. Da bin ich mit der *Grottenbahn* gefahren, das war schön.«

Oskar hatte keine Ahnung, was die *Grottenbahn* war, aber bevor er nachfragen konnte, erreichten sie einen kleinen Hof, der sich eng an den Waldrand duckte. Geschickt trieb der Bub die Kühe in ein Gatter, verschloss es und drehte sich dann erwartungsvoll zu Oskar um. »Kommst noch mit rein? Es gibt sicher gleich Abendessen.«

»Ja, wenn deine Eltern nichts dagegen haben?«

»Nein, nein, die freuen sich, wenn Besuch kommt. Zu uns kommt doch nie einer. Und du hast mir geholfen.« Er stieß mit Schwung die windschiefe Tür auf, schleuderte die schmutzigen

147

Schuhe in eine Ecke und rief laut ins Haus: »Mutter, Vater, ich hab jemand mitgebracht! Er kommt aus Wien und ist mit dem Zug hergefahren. Und den Kaiser hat er auch schon gesehen!«

In der Küchentür erschien eine junge Frau mit einem Baby auf der Hüfte. »Karli, was schreist denn so rum? Sind die Kühe herinnen?« Dann sah sie Oskar und zuckte zusammen. »Grüß Gott. Jetzt hab ich mich aber erschreckt.«

»Entschuldigen Sie, ich wollt nicht stören. Aber ich hab Ihren Buben da auf der Kuhweide kennengelernt und er hat mich eingeladen.«

»Ja, Mutter, er hat mir gholfen mit den Kühen. Die Mitzi und die Lisl sind schon wieder in den Wald.«

»Ja, wenn das so ist, dann kommen Sie doch rein. Sie haben sicher Hunger.«

Und ein paar Minuten später saß Oskar mit der ganzen Bauernfamilie am Küchentisch, vor sich einen dampfenden Teller Suppe. Der Vater schnitt dicke Scheiben vom Brotlaib ab. Obwohl die Familie hier in völliger Abgeschiedenheit lebte, schienen sich alle über den Besuch zu freuen. Karli war der Held des Abends, schließlich hatte er den Fremden aufgelesen und ins Haus gebracht.

Sie fragten Oskar aus, wollten wissen, wie es so sei in Wien, wie das sei, mit den vielen Häusern und den Menschen und was die Leute denn so äßen, wo sie doch keine Tiere halten könnten. Und irgendwann fragte der Bauer ihn: »Was treibt dich denn eigentlich her zu uns? Aus Wien! Besuchst jemanden?«

»Ja, ich suche eine Familie Haidinger. Die haben einen Bauernhof in der Nähe von Kirchschlag. Kennt ihr die?«

»Den Haidinger? Na ja, kennen wär übertrieben. Ich weiß halt, wo der Hof ist.«

»Und, ist das noch weit?«

»Drei, vier Kilometer. Da musst noch einmal einen Berg rauf und wieder runter. Was willst denn bei dem?«

148

»Ich ... ach ... es ist ... ich hab mich in eine seiner Töchter verliebt. Die lebt in Wien. Und jetzt wollt ich halt die Eltern kennenlernen.«

Auf einmal kam ihm sein Leben in Wien ganz weit weg vor. Die Arbeit in der Buchhandlung, sein Zimmer im großen Zinshaus der jüdischen Witwe, die Theaterbesuche, die immer sauber gekleideten, adretten Kinder der Schnitzlers, ja und selbst Marie ... Das alles erschien ihm plötzlich seltsam angesichts dieser einfachen Bauersleute, die mit ihren Brotkanten die Suppe auftunkten, der rotwangigen, rotznasigen Kinder und der Frau, die das Baby ungeniert am Esstisch stillte. So lebten wohl die meisten Menschen im großen Reich und keiner von ihnen hatte eine Vorstellung vom Leben in der Hauptstadt.

»Heut kannst da aber nimmer hin«, unterbrach der Bauer seine Gedanken.

»Ja, es ist schon spät.«

»Wir haben oben unterm Dach noch eine Kammer. Ist zwar nicht geheizt, aber da kannst schlafen.«

»Das ist sehr freundlich. Was bin ich denn schuldig?«

»Willst mich beleidigen? Glaubst, wir am Land kennen keine Gastfreundschaft?«

»Dann bedank ich mich recht schön.«

Oskar schlief tief und traumlos und erschrak, als er im Morgengrauen vom lauten Krähen eines Hahnes geweckt wurde. So etwas kannte er nur aus Romanen, aber hier war es das echte, normale Leben. In der Küche hatte ihm die Bauersfrau warme Milch hingestellt und ein Brot, dick mit Butter beschmiert.

»Der Karli muss eh ins Dorf in die Schule, da könnt's ein Stück zusammen gehen. Und pass auf dich auf.« Die Bäuerin drückte Oskar zum Abschied kräftig die Hand und der bedankte sich. Fest nahm er sich vor, der Familie aus Wien einen Brief zu schreiben – oder vielleicht eine Postkarte mit dem Kaiser drauf.

Vor der kleinen Volksschule in Kirchschlag musste er auch von Karli Abschied nehmen, der war sichtlich traurig. Er hätte den aufregenden Besuch gerne noch ein paar Tage länger beherbergt.

»Kommst am Rückweg wieder vorbei?«

»Ich weiß noch nicht, ich muss ja bald wieder zurück zu meiner Arbeit.«

Der Bub stand noch lange vor dem Schultor und sah Oskar nach.

DER BAUERNHOF LAG in einer Senke zwischen zwei Hügeln. Ein kleines Wohnhaus in der Mitte, daneben ein Stall und ein windschiefer Heustadel. Oskar ging den kleinen Berg hinunter. Obwohl es inzwischen zu regnen aufgehört hatte, waren seine Schuhe vom Gras völlig durchweicht. Kurz bevor er den Hof durchquerte, blieb er noch einmal stehen und überlegte sich, wie er das Gespräch beginnen sollte. So aufgeregt war er in seinem ganzen Leben noch nicht gewesen.

Er klopfte an die Holztür und eine Frauenstimme rief: »Es ist offen!«

Nach kurzem Zögern machte er die Tür auf, trat ein und fand sich in einem engen Hausflur wieder. An einer Wand hingen ein paar dreckige Jacken, Schuhe lagen kreuz und quer auf dem Boden, es roch streng nach Stall. Oskar blieb stehen und sagte in Richtung der offenen Küchentür: »Grüß Gott.« Sonst grüßte er nie so, im Laden von Friedrich Stock war das völlig unüblich, aber ein Instinkt sagte ihm, dass ein »Guten Tag« hier nicht so angebracht wäre.

»Wir brauchen nichts.«

Jetzt sah Oskar die hagere Gestalt, die an einem gemauerten Herd stand, und erkannte unschwer Maries Mutter. Sie sahen sich sehr ähnlich, die gleichen dunklen Augen, die hohen Wangenknochen und die gerade Nase, das alles war wie bei Marie, doch im Gegensatz zu ihrer Tochter war die Mutter klein und ihr Rücken schien krumm.

»Ich habe auch nichts zu verkaufen. Darf ich reinkommen?«

Die Frau machte eine Handbewegung, die Oskar nicht so

recht interpretieren konnte, er schlüpfte aus den nassen Schuhen und trat in die Küche.

»Mein Name ist Oskar Nowak, ich komme aus Wien angereist. Ich bringe Nachricht von Ihrer Tochter.«

Die Frau hatte sich wieder dem Topf auf dem Herd zugewandt und drehte sich auch nach Oskars Worten nicht um. Ein blecherner Schöpflöffel fiel krachend auf den Steinboden.

»Welche Tochter?«

»Ihre Tochter Marie. Es geht ihr gut. Sie lebt in Wien und hat eine Stellung als Kindermädchen.«

»Und warum kommen Sie her und erzählen mir das?«

»Weil … weil ich glaube, dass es Sie interessieren könnte. Und weil ich mich gerne mit ihr verloben möchte.«

Nun hatte sich Frau Haidinger endlich umgedreht und wandte sich Oskar zu. Sie öffnete den Mund und wollte gerade etwas sagen, da fiel ihr Blick über seine Schulter auf die Küchentür in seinem Rücken und sie zuckte kurz zusammen.

»Grüß Gott. Sind Sie der neue Tierdoktor?« Der Mann war fast zwei Köpfe größer als Oskar und seine breiten Schultern schienen den fleckigen Kittel fast zu sprengen.

»Nein, ich bin Oskar Nowak, Buchhändler aus Wien. Herr Haidinger?«

»Ja? Was macht ein Buchhändler bei uns? Wir haben keine Zeit zum Lesen.«

»Es geht um Ihre Tochter Marie.«

»Ich habe keine Tochter, die Marie heißt.« Und zu seiner Frau gewandt: »Rosa, ich glaub, du hast noch was im Stall zu erledigen.« Die Frau senkte den Blick und schlich aus der Küche.

Und wie sich dieser Hüne vor Oskar aufbaute, bekam der es mit der Angst zu tun. Marie hatte nie über ihre Kindheit gesprochen, doch nun hatte Oskar plötzlich ein kleines Mädchen vor Augen, das sich ängstlich hinter der Eckbank versteckte, um den Ohrfeigen seines Vaters zu entgehen. Er stellte sich vor, wie der Bauer Marie an den Zöpfen zog, und dachte daran, wie liebevoll und umsichtig sie dagegen mit den Schnitzler-Kindern war.

»Jetzt hör mir mal gut zu, du Lump.« Der Bauer hob seine Stimme und wurde ganz rot im Gesicht: »Die ist einfach weggelaufen von ihrer Arbeitsstelle! Einfach über Nacht, auf und davon. Sie hat Schande über die Familie gebracht, so etwas hat's bei uns noch nie gegeben. Aber die hat schon als Kind geglaubt, sie ist was Besseres. Nix arbeiten wollt sie, immer nur in Bücher schauen. Wenn's nach mir ginge, bräucht man die Weiber gar nicht in die Schul schicken, da setzen sie ihnen nur Flausen in den Kopf. Und jetzt kommst *du* daher, so ein Studierter aus der Stadt, und willst mir was über die Marie erzählen. Weißt, was? Es interessiert mich nicht. Die Hure kann bleiben, wo sie ist, und du kannst mit ihr anstellen, was du willst!«

Er wurde immer lauter und näherte sich Oskar Schritt für Schritt auf bedrohliche Weise. Der wich zurück und stand schon im Hausflur, als der Bauer seine Hand gegen ihn erhob. Oskar bückte sich blitzschnell, packte seine Schuhe und riss die Tür auf. Auf Socken rannte er über den vom Hühnerdreck verkrusteten Hof und lief, bis er völlig außer Atem unter einem großen Baum Zuflucht fand. Da stand er nun, lehnte am feuchten Stamm und versuchte wieder Luft in seine Lungen zu pumpen. Was hatte er sich nur dabei gedacht? Wie war er nur auf die schwachsinnige Idee gekommen, diese schrecklichen Menschen aufzusuchen? Warum hatte er Marie vorgeworfen, den Kontakt zu ihren Eltern nicht gesucht zu haben? Oskar war zutiefst schockiert über die Hartherzigkeit von Maries Eltern. Dass man sich seinem eigenen Kind gegenüber so verhalten konnte, war in seinem bisherigen Weltbild schlichtweg nicht vorgekommen. In seiner Vorstellung waren Eltern entweder fürsorglich und liebevoll oder einfach abwesend. Es war einfach unglaublich, dass Maries Vater so verletzend und demütigend über sie sprach!

Oskar setzte sich unter den Baum und band seine Schuhe zu. Alles war durchweicht von Regen und Hühnerdreck, aber er konnte ja schlecht auf Socken nach Linz zurückwandern. Genauso wenig, wie Marie damals im Theater ihre viel zu kleinen, geliehenen Schuhe hatte ausziehen können, auch wenn sie noch so gedrückt hatten. Er musste daran denken, was sie damals gesagt hatte – mit feuchten Augen und wie zu sich selbst:

»Ich hab meine Oma schon seit vielen Jahren nicht mehr gesehen. Ich weiß gar nicht, ob sie noch lebt. Aber wie ich damals vom Hof wegmusste, da hab ich ihr versprechen müssen, dass ich einmal ein Theater besuche. Und jetzt bin ich da.«

Die Oma. Marie hatte eine Großmutter, die wohl gut gewesen war zu ihr, und er konnte diesen schrecklichen Ort nicht verlassen, ohne rausgefunden zu haben, ob diese Oma noch lebte.

Das kleine, schiefe Häuschen drüben am Anfang des Feldes hatte er zuerst gar nicht bemerkt. Es gehörte augenscheinlich zum Hof der Haidingers und lag gleichzeitig auch irgendwie außerhalb. Wenn er da jetzt hinginge, würde er sich noch eine Abfuhr holen? Egal, schlimmer als dieser gewalttätige Vater konnte eine Großmutter ja wohl nicht sein; und außerdem war es ziemlich unwahrscheinlich, dass sie überhaupt noch am Leben war. Damit sein Besuch wenigstens irgendeinen Sinn gehabt hatte, konnte er ja zumindest versuchen, das herauszufinden.

Er musste gar nicht erst anklopfen, denn als er über die Wiese zur Hinterseite des Hauses ging, öffnete sich ein Fenster und eine alte Frau lehnte am Fensterbrett, sah schweigend zu, wie er näher kam. Von Weitem schon rief Oskar ein betont fröhliches »Grüß Gott«, erhielt aber keine Antwort. Er war schon fast auf Armlänge herangekommen, da lachte ihn die Frau an und zupfte ein wenig an dem Tuch, das um ihre Schultern lag.

»Nein, dass ich einmal Besuch krieg, da schau ich aber. Wenn du auf die andere Seite kommst, da gibt's auch eine Tür.«

Sie fragte weder, woher er komme, noch, was er hier wolle, sie öffnete einfach die Tür und ließ ihn eintreten. Das Häuschen bestand nur aus einem Zimmer, in dem auf engstem Raum alles untergebracht war: ein Holztisch in der Mitte mit zwei Stühlen, ein schmales Bett an der Wand, eine Küchenkredenz und ein kleiner Herd. Die Alte stellte zwei abgeschlagene Häferl auf den Tisch, legte Löffel dazu und lächelte dabei so vergnügt, als hätte sie zum Kindergeburtstag geladen. »Du siehst aus, als könntest du einen Kaffee gebrauchen. Setz dich.«

Oskar war so überwältigt von der Freundlichkeit und Gastfreundschaft, dass er sich einfach auf einen der wackeligen Sessel fallen ließ und nicht wusste, was er sagen sollte. Er schlüpfte aus seinen Schuhen und die alte Frau warf einen Blick auf seine durchnässten Socken. »Zieh sie aus, ich häng sie über den Ofen.«

Sie stellte Malzkaffee auf den Herd und Oskar musterte sie verstohlen. Sie war klein, fast winzig, und ihr Rücken war krumm. Die schlohweißen Haare hatte sie zu einem ordentlichen Knoten aufgesteckt und die paar Strähnen, die sich vorne gelöst hatten, erinnerten Oskar an Marie. Ächzend ließ sie sich auf den Stuhl gegenüber Oskar fallen und löffelte Zucker in ihren Kaffee.

»Kuchen hab ich leider nicht. Ich war nicht auf Besuch eingestellt.«

»Das macht nichts, ich habe gut gefrühstückt.«

»Hast du dich verlaufen? Bist du auf der Walz? So siehst du aber gar nicht aus mit deinen feinen Sachen.«

»Nein, ich bin nicht auf der Walz. Und verlaufen hab ich mich auch nicht. Ich wollte genau hierher. Auf diesen Hof.«

»Der Hof ist aber da drüben. Und wenn du als Knecht vorstellig werden willst – ich glaub, das ist nichts für dich.«

»Ich komm aus Wien und bin Buchhändler. Als Knecht würd ich nichts taugen.«

»Ja, das glaub ich auch. Aber jetzt lass dir doch nicht alles aus der Nase rausziehen, was willst jetzt hier bei uns?«

»Ich kenn die Marie.«

»Meine Marie?«

»Ja, wenn Sie die Großmutter von der Marie Haidinger sind, dann ist es wohl Ihre Marie.«

»Geht es ihr gut? Oder bringst du schlimme Nachricht?« Die Alte war ächzend aufgestanden und ging ein paar Schritte in Richtung Fenster, gerade so, als müsste sie ein bisschen Abstand zwischen sich und den Überbringer einer schlechten Botschaft schaffen.

Oskar beeilte sich zu sagen: »Nein, nein. Marie geht es gut. Sie wohnt in einem schönen Haus als Kindermädchen.«

»Meine kleine Marie ist Kindermädchen. Wirklich?«

»Ja, sie passt auf zwei entzückende Kinder auf. Lili ist fast drei und Heinrich ist neun Jahre alt.«

»Und du? Was hast du mit ihr zu tun?«

»Ich … ich … na, ich hab sie kennengelernt. Ich arbeite in einer Buchhandlung und sie hat was abgeholt, für ihren Dienstherrn. Da ist ihr eine Dachlawine auf den Kopf gefallen. Also … das war meine Schuld, weil ich die Markise nicht abgekehrt habe, und dann ist sie reingekommen und war ganz nass. Das kleine Mädchen an ihrer Hand, das hat geweint, und dann hab ich …«

»Ist ja gut. Was erzählst du mir da alles? Du bist doch nicht den ganzen Weg von Wien hergefahren, um mir zu erzählen, dass der Marie ein bisserl Schnee auf den Kopf gefallen ist?«

»Nein, ich wollt ihre Eltern kennenlernen.«

»Oje. Und, warst schon drüben?« Sie nickte mit dem Kopf in Richtung Hof.

»Ja, aber nur recht kurz. War kein großer Erfolg.« Oskars Lächeln geriet ein wenig schief.

»Das glaub ich. Und wieso wolltest ihre Eltern kennenlernen? Mein Gott, Bub, jetzt lass dir doch nicht alles aus der Nase ziehen!«

»Na, weil ich sie lieb hab, die Marie. Und weil ich mir gedacht hab, wenn man jemanden lieb hat, dann muss man wissen, wo der herkommt.«

»Ja, da hast du wohl recht. Aber bei der Familie hättest dir das sparen können. Hat die Marie nicht erzählt, wie grausam ihr Vater sein kann?«

»Sie erzählt gar nichts über ihre Heimat. Nur über Sie hat sie mal geredet. Da war ich mit ihr im Theater und sie ist ganz traurig geworden und hat gesagt: Wenn das meine Oma wüsste.«

»Ihr wart wirklich im Theater? In welchem?«

»Im k. k. Hofburgtheater. Marie hat die Karten von ihrem Dienstherrn zu Weihnachten bekommen und sie hat mich mitgenommen.«

Maries Großmutter hatte sich wieder hingesetzt und sah auf einmal sehr zufrieden aus. Sie legte ihre faltige Hand auf Oskars Unterarm. »Ich wusste, dass aus dem Mädel was wird. Sie war immer was Besonderes. Wie ich gehört hab, dass sie von diesem Bauernhof davongelaufen ist, hab ich mir schon zuerst Sorgen gemacht. Ich mein, sie war fast noch ein Kind! Aber ich hab gespürt, dass sie es schaffen wird.«

Oskar erzählte ein wenig von Maries Leben, beschrieb die Kinder, die sie hütete, wie viel Spaß sie mit ihnen hatte und wie liebevoll und zugewandt sie zu ihnen war. Als er vom gemeinsamen Menagerie-Besuch erzählte, bekam die Oma strahlende Augen. Absichtlich redete er nur von den schönen Dingen, die dunklen Momente in Maries Leben, von denen er wusste, ließ er ganz bewusst aus.

»Und was hat sie dazu gesagt, dass du hierhergereist bist?«

»Nichts hat sie gesagt, weil ich es ihr nicht erzählt hab.«

»Glaubst, dass das eine gute Idee war?«

»Ich weiß nicht.«

»Ja, hast du dir erwartet, dass der Vater dich in die Arme schließt, euch seinen Segen gibt und der Marie die Mitgift?«

»Ich weiß nicht, was ich erwartet hab. Es hat mir nur so leidgetan, dass die Marie Eltern hat, die nichts von ihr wissen wollen, und es kam mir einfach richtig vor. Ich habe keine Eltern mehr und würde ihnen so gerne alles erzählen.«

»Die Marie hat auch keine Eltern mehr. Manche Leut sollten einfach keine Kinder kriegen.« Sie klang bitter, schaute aus dem Fenster über den Hof und Oskar spürte, dass sie wohl gerade an ihren Sohn dachte. An Maries Vater, der auch einmal ein Kind gewesen war, bis er dann zu einem grausamen, hartherzigen Mann geworden war.

»Ich versteh dich. Aber trotzdem, du hättest das mit ihr besprechen müssen.«

»Ja, schon, aber sie hätt es ja nicht gewollt.«

»Ja, dann hättest es auch sein lassen.«

»Dann wär ich aber jetzt nicht hier und Sie wüssten nicht, dass es ihr gut geht.«

»Da hast du recht. Also ist's doch gut. Aber jetzt musst du zurückfahren und ihr davon erzählen. Das wird sie nicht freuen.«

»Ja, ich weiß.«

»Komm, ich mach dir noch eine Jause für unterwegs. Dann musst du gehen. Wenn die dich hier finden, bekommen wir beide Schwierigkeiten.«

Sie packte einen Kanten Schwarzbrot, ein Stück Käse, eine ganze Wurst und noch zwei Äpfel in ein Tuch. Oskar nahm die Wurst wieder raus und legte sie auf den Tisch. »Das wär schad drum, ich ess ja kein Schweinefleisch.«

»Bist du ein Jud?«

»Ja.«

»So was haben wir hier nicht. Die kenn ich nur aus der Zeitung. Ich hab geglaubt, Juden machen Geldgeschäfte, keine Buchgeschäfte?«

»Das ist sehr verschieden. Und ich bin auch nicht sehr gläubig. Ich ess nur einfach kein Schweinefleisch.«

»Das macht nichts. Nimmst die Wurst halt der Marie mit. Vielleicht besänftigt sie das ja.«

Oskar packte das Bündel in seinen Rucksack, da stand die alte Frau auf und öffnete ein paar Laden der alten Küchenkredenz. »Wo hab ich es nur? Wo hab ich es hingelegt? Ich hab's schon so lange nicht mehr verwendet.« Sie nahm mit einem zufriedenen Lächeln ein dickes Buch in die Hand und strich über den blau-weiß karierten, fleckigen Einband. »Ich brauch das nimmer, das wenige, das ich für mich koche, muss ich nicht nachschauen.« Sie überreichte Oskar das Buch mit feierlicher Miene. »Da sind alle meine Rezepte drin. Nimmst es der Marie mit und sagst ihr schöne Grüße von der Oma. Wenn sie dann mal einen Haushalt gründet, kann sie es sicher gut gebrauchen. Das Rezept für den Schweinsbraten und die Haussulz könnt's ja dann einfach auslassen.«

Oskar nahm das Buch an sich und blätterte es durch. Von gefüllten Paprika bis zum Grammelknödel, vom Topfenstrudel bis zum Mohnstriezel, auf jeder Seite war in akkurater Handschrift ein Rezept notiert.

»So, und jetzt mach, dass du verschwindest, bevor der Bauer kommt und dich hier erwischt. Und bevor ich zum Weinen anfang wegen meinem Mädel.«

Die alte Frau Haidinger stand krumm vor ihm, ihre Nase reichte gerade mal bis zu seiner Brust und in ihren Augen glitzerten Tränen. Da nahm Oskar sie spontan in die Arme und drückte sie ganz fest, bevor er das Haus verließ.

»HAST DU DIE ZEITUNG gelesen, Marie?« Anna wedelte ganz aufgeregt mit der *Kronen Zeitung* vor Maries Nase herum.

»Nein, wann hätt ich die denn lesen sollen? Die Lili hat mich wieder den ganzen Vormittag in Trab gehalten. Ist schon wieder was passiert?«

»Nein, hör zu. Die haben zwei Kinder gerettet, die auf der ›Titanic‹ waren. Zwei Buben, vier und zwei Jahre alt. Die waren ganz allein und dann sind die ewig nicht draufgekommen, wer die sind, es hat nämlich keiner die Sprache verstanden. Da steht: *Miss Margaret Hans in New York nahm sich der beiden geretteten Kinder an und aus den Firmenbezeichnungen aus einzelnen Kleidungsstücken der Kinder glaubte sie annehmen zu können, daß die Kinder französischer Abstammung seien. Also wurde der französische Konsul verständigt, der nun versuchte, mit dem kleinen Louis eine Unterhaltung anzubahnen. Es war aber vergeblich. Der Konsul erklärte achselzuckend, daß der Kleine eine Sprache spreche, wie er sie im Leben noch nie gehört habe ...*«

»Na, welche Sprache haben sie denn nun gesprochen, die beiden Knaben?«

Anna schrak zusammen und war sofort vom Küchentisch aufgestanden, als sie Arthur Schnitzler bemerkt hatte. »Herr Doktor! Ich hab Sie gar nicht reinkommen gehört.«

»Ich wollte nur sagen, dass wir heute früher zu Mittag essen wollen, die gnädige Frau und ich haben noch etwas in der Stadt zu erledigen.«

»Sehr wohl, Herr Doktor. Die Sophie serviert gleich, es ist eh schon fertig.« Anna hantierte nervös an ihren Töpfen.

»Ja, und welche Sprache haben sie nun gesprochen, dieser Louis und sein Bruder?«

»Tschechisch! Sie haben Tschechisch gesprochen.«

»Gut. Unglaublich, dass da jetzt noch Menschen auftauchen.«

»Ja, es ist wie ein Wunder.«

Arthur Schnitzler wandte sich an Marie: »Wann kommt denn Heini aus der Schule?«

Marie blickte auf die Küchenuhr. »Erst in einer Stunde, Herr Doktor.«

»Gut, dann bringen Sie bitte Lili. Sie kann mit uns essen.«

»Sehr wohl, Herr Doktor.«

Lili war begeistert, dass sie mit ihren Eltern zu Mittag essen durfte, und Marie war froh, dass sie ein wenig Ruhe hatte. Anna hatte keine Aufgabe für sie und so konnte sie eine halbe Stunde in ihre Kammer gehen.

Marie warf sich aufs Bett und nahm sofort das Buch von ihrem Nachttisch. In den letzten Tagen – oder vielmehr Nächten – war nämlich etwas mit ihr passiert. Sie war geradezu süchtig geworden nach der Lektüre des Buches, das Oskar ihr geschenkt hatte. Am Anfang waren es immer nur ein paar Seiten vor dem Einschlafen gewesen, doch bereits am dritten Abend konnte sie nicht mehr aufhören zu lesen. Sie lebte mit dem kleinen Mädchen auf der Alm, hütete mit dem Ziegenpeter die Herde, roch das Stroh im Stall und hörte die tiefe Stimme des Großvaters. Bis spät in die Nacht las sie im Licht einer kleinen Lampe und am nächsten Morgen war sie komplett unausgeschlafen. Nun fehlten ihr lediglich noch ein paar Seiten, sie fieberte dem Ende entgegen und musste sich zwingen, die Zeilen nicht einfach zu überfliegen. Gerade als sie den letzten Satz gelesen hatte und das Buch nachdenklich zuschlug, rief Lili am Fuße der Treppe: »Marie! Fertig gegessen. Kommst du?«

»Ja, mein Schatz, ich hol dich zum Mittagsschlaf.«

Hatte Oskar nicht gesagt, dass es noch einen zweiten Band gebe? Sie musste wissen, wie die Geschichte weiterging, musste wissen, ob das Heidi auf der Alm bleiben durfte und ob sich Klara und Heidi wiedersehen würden.

Lili schlief nicht lange, und als Heini mit dem Mittagessen fertig war, schlug Marie vor, in die Buchhandlung auf der Währinger Straße zu gehen. Dazu musste sie die Kinder nicht lange überreden, sie liebten das Geschäft. Marie zählte das ersparte Geld aus ihrer Nachttischschublade. Sie war ganz aufgeregt. Sie würde sich heute zum ersten Mal im Leben ein Buch kaufen. Sie würde einfach in die Buchhandlung Friedrich Stock hinein- spazieren, würde sich ein wenig umsehen und dann würde sie den zweiten Band von Heidi verlangen. Sie würde sich das Buch in ein Papier einschlagen lassen, bezahlen und wieder nach Hau- se gehen. Sie konnte das tun. Sie war erwachsen, hatte ihr eige- nes Geld und konnte in eine Buchhandlung gehen, um ein Buch zu kaufen. Es fühlte sich gut an.

FRIEDRICH STOCK SAH auf, als Marie mit den Kindern die Buchhandlung betrat. »Ah, das Fräulein Marie. Und der gnädige Herr und die junge Dame beehren mich auch. Wie schön.«

Lili kicherte und Heini gab dem Buchhändler höflich die Hand.

»Was kann ich für Sie tun?«

»Ich hätte gerne den zweiten Band von *Heidi*. Haben Sie den lagernd?«

»Lassen Sie mich mal schauen ...« Stock schob eine Leiter die Regale entlang und kletterte nach oben. »Bitte schön, wer sagt's denn. Wie sind eben doch eine gut sortierte Buchhandlung.«

Er legte das Buch zur Kasse. »Kann ich sonst noch etwas für Sie tun? Man muss aber den ersten gelesen haben, sonst versteht man die Geschichte nicht.«

»Ja, ich weiß. Ich bin gerade fertig geworden. Oskar hat mir das Buch vor ein paar Tagen geschenkt. Es ist ... großartig.«

»Das freut mich. Und heute bekommen Sie Kollegenrabatt. Oskar hat mir erzählt, dass Sie die Auslage gemacht haben.«

»Ach, da hat er maßlos übertrieben. Ich hab ihm nur ein bisschen geholfen.«

»Ihre Schrift ist in jedem Fall besser als seine. Macht dann zwei Kronen fünfzig, bitte schön.«

»Gerne. Wo ist der Oskar denn? Macht er gerade Pause?« Marie spähte um die Ecke, ein Versuch, einen Blick ins Hinterzimmer zu werfen.

»Nein, der hat doch Urlaub. Ist für ein paar Tage weggefahren. Hat er nichts erzählt?«

163

»Mir nicht. Wo ist er denn hingefahren?«

»Nach Oberösterreich, hat er gesagt.«

»Nach Oberösterreich? Was macht er denn da?«

»Sie fragen mich Sachen, gnädiges Fräulein, ich habe keine Ahnung.«

»Hat er Verwandte in Oberösterreich?«

»Nein, Oskar hat gar keine Verwandten. Ich weiß es auch nicht. Er kommt ja bald wieder, dann können 'S ihn fragen.«

»Ja, das mach ich. Danke für das Buch und den Rabatt. So, Kinder, sagt schön Auf Wiedersehen zum Herrn Stock.«

Marie ging mit den Kindern langsam die Weimarer Straße hoch. Schon wieder hatte es zu nieseln begonnen, irgendwie hatte man das Gefühl, dieses Jahr kam überhaupt kein Frühling mehr.

»Marie?« Heini zog an Maries Hand.

»Ja, mein Schatz?«

»Was hast du denn?«

»Nichts. Wieso?«

»Du bist grantig.«

»Bin ich nicht.«

»Bist du doch. Ist es, weil der Oskar nicht da war?«

»Geh, du bist ein dummer Bub. Ich bin doch nicht grantig. Der darf auch mal ein paar Tage wegfahren. Deine Eltern fahren doch auch immer weg.«

»Ja, schon. Aber er hat's dir nicht gesagt.«

»Er muss mir nicht alles sagen. So oft seh ich den doch gar nicht. Und jetzt hör auf zu fragen, das ist sehr unhöflich.« Den letzten Satz hatte sie wohl etwas zu streng ausgesprochen, Heini zog seine Hand aus der ihren und ließ sich ein paar Schritte zurückfallen. Marie tat es leid, aber sie hatte keine Lust, darauf einzugehen. Natürlich hatte der Bub recht: Sie war grantig. Ganz schön grantig sogar. Gleichzeitig ärgerte sie sich über sich selbst, schließlich durfte Oskar tun und lassen, was er wollte. Aber warum hatte er ihr nichts gesagt? Sie hatten sich doch vor Kurzem erst gesehen. So eine weite Reise plante man doch, oder hatte er sich einfach spontan in einen Zug gesetzt? Was wollte er in Oberösterreich? Vielleicht hatte er seinen Teilhaber angelogen und hatte doch eine andere Frau?

Am Wochenende war mal wieder große Abreise. Das Ehepaar Schnitzler brach auf, um Italien zu bereisen. Zuerst wollten sie auf die Insel Brioni, dann nach Venedig. Heini hatte Marie aufgeregt erzählt, dass Brioni eine Insel im Meer sei, die einem Mann gehöre, und dass die Eltern das anschauen wollten, um den gemeinsamen Sommerurlaub da zu planen. »Da können wir dann im Meer schwimmen, Marie. Das wird schön. Ich war schon mal am Meer, du auch?«

»Nein, Heini, ich war noch nie am Meer.«

»Kannst du schwimmen?«

»Nein, kann ich nicht.«

»Ich kann's dir beibringen.«

Anna nahm ihren freien Tag, sie hatte vorgekocht und wollte ihre Cousine in Hütteldorf besuchen. Heini war in der Schule und die kleine Lili hatte einen fürchterlichen Schnupfen und schlief nach dem Frühstück auf dem Sofa im Kinderzimmer ein. Marie half Sophie ein wenig im Haushalt und war froh, dass ein paar ruhigere Tage bevorstanden. Ständig dachte sie an Oskar und an seine geheimnisvolle Reise. Noch immer wusste sie nicht, wo er eigentlich gewesen war und warum, bisher hatte er sich nicht gemeldet.

Sophie war irgendwo im Haus unterwegs und Marie wärmte in der Küche eine Suppe auf, da hörte sie das laute Klingeln des Telefons im Salon. Sie öffnete die Tür und schlüpfte in das düstere Zimmer, doch das Läuten verstummte rasch. Lange stand Marie nun vor dem kleinen Tischchen und betrachtete den unheimlichen Apparat. Plötzlich kam ihr ein verwegener

Gedanke. Sollte sie es wagen? Sie wusste, wie es funktionierte, das letzte Mal, als die gnädige Frau den Doktor Pollak angerufen hatte, hatte sie genau zugesehen. Sie blätterte im kleinen Heftchen und tatsächlich fand sie die Nummer der Buchhandlung Stock auf Anhieb. Mit zittrigen Fingern stellte sie mit den Stellhebeln die sechsstellige Nummer ein, hob den Hörer ab, drückte den Rufknopf und drehte die Kurbel. Marie ließ den Hörer fast fallen, als sie die Stimme ganz nahe an ihrem Ohr vernahm. Es war, als würde Friedrich Stock direkt neben ihr stehen. »Buchhandlung Friedrich Stock, guten Tag.«

»Hallo? Können Sie mich hören?« Marie sprach ganz leise in den Hörer.

»Ja, ich kann Sie gut hören. Wer spricht denn da?«

»Ich bin's. Die Marie. Von der Sternwartestraße.«

»Ja, Marie. Was kann ich für Sie tun? Haben 'S die *Heidi* schon wieder ausgelesen?«

»Nein. Ich wollte fragen, ob der Oskar da ist.«

»Ja, der ist wieder da.«

»Und könnt ich ihn kurz sprechen?«

»Ja, Augenblick bitte.«

Der Hörer wurde hingelegt und Marie hörte, wie Stock nach Oskar rief.

»Marie? Ich bin's. Ist was passiert?«

»Nein. Bei mir nicht. Bei dir?«

»Was meinst du? Warum rufst du an?«

»Ich hab mir Sorgen gemacht. Weil du dich so lange nicht gemeldet hast.«

»Das tut mir leid. Ich war … beschäftigt.«

»In Oberösterreich?«

»Marie, hör zu. Ich wollte es dir erzählen. Kann ich am Abend zu dir kommen?«

»Erzähl's mir jetzt!«

»Meinst du wirklich? Am Telefon?«

»Hast du eine andere Frau kennengelernt? Und wolltest mit ihr wegfahren?«

»Nein! Was hast du nur für Einfälle! Nein, ich habe keine andere Frau kennengelernt. Ich war wegen dir in Oberösterreich.«

»Wegen mir? Das versteh ich nicht.«

»Marie. Ich war in Kirchschlag.«

»Nein. Das glaub ich nicht.«

»Doch. Ich war bei deinen Eltern. Aber lass uns doch nicht am Telefon darüber reden!«

»Du warst bei meinen Eltern, ohne es mir zu sagen? Was glaubst du eigentlich? Wie kommst du denn auf so eine Idee? Wir brauchen gar nicht darüber reden.«

Marie war fassungslos. Was dachte er sich eigentlich? Der konnte doch nicht einfach zu ihren Eltern fahren, ohne es ihr zu sagen. Die Vorstellung, dass der feine und gebildete Oskar das ganze Elend ihrer Herkunft gesehen hatte, war ihr schrecklich unangenehm. Gleichzeitig war sie wütend, fühlte sich so hintergangen, dass ihr gar nichts mehr einfiel, und so legte sie einfach den Hörer auf die Gabel. Im selben Augenblick kam Sophie, bewaffnet mit Putzkübel, Besen und Fetzen, ins Zimmer und starrte Marie an: »Was machst du da?«

»Ich … ich … musste dringend telefonieren. Bitte, Sophie, verrat mich nicht.«

»Natürlich nicht. Alles in Ordnung mit dir? Du siehst ganz blass aus.«

»Ja, ja, alles in Ordnung. Ich geh schon.«

Sophie sah ihr kopfschüttelnd nach.

Der Nachmittag war der längste, den sie je in diesem Hause verbracht hatte. Sie half Heini bei den Hausaufgaben, spielte ein wenig mit Lili, die aufgrund der Erkältung ganz weinerlich war, und nebenbei sortierte sie den Spielzeugschrank und die Wäsche der Kinder. Heini merkte natürlich, dass sie nicht bei der Sache war, und sah sie immer wieder fragend an.

»Heini, du sollst endlich deine Sätze ins Heft schreiben, jetzt mach nicht immer so ein Theater.« Einen Augenblick später bereute sie ihre harschen Worte auch schon wieder, Heini schob die Unterlippe vor und starrte missmutig in sein Heft. Wenn doch wenigstens Anna bald zurückkäme! Ohne dass sie es so richtig bemerkt hatte, war die Köchin zu einer Art Mutterersatz für Marie geworden. Sie vertraute ihr und besonders die schreckliche Sache mit Sophie hatte die beiden noch enger zusammengeschweißt.

Gerade als sie die Kinder zum Zubettgehen fertig machte, hörte Marie unten die Tür ins Schloss fallen, Anna war zu Hause. Marie musste die Sache mit ihr besprechen, inzwischen war sie sich nicht mehr sicher, ob sie nicht ein bisschen überreagiert hatte. Oskar hatte es wahrscheinlich nur gut gemeint. Und dieser Besuch bei ihren Eltern war ja wohl ein Beweis dafür, dass es ihm ernst war mit ihr. Aber trotzdem. So was konnte er doch nicht einfach tun, ohne sie zu fragen! Es waren schließlich *ihr* Leben und *ihre* Vergangenheit, mit der sie gebrochen hatte, da konnte doch nicht einfach einer kommen und sich einmischen, auch wenn er gute Absichten hegte.

»Hach, wie gut, dass ich wieder da bin. Das ist ja eine Weltreise zu meiner Cousine.« Anna saß auf dem Küchenstuhl und hatte die Beine weit von sich gestreckt. »Ich bin recht müde, ich glaub, ich geh gleich schlafen.«

»Ich muss dich noch was fragen.«

»Was denn?«

»Es geht um den Oskar.«

»Ja? Was ist mit ihm?«

»Er war in Oberösterreich.«

»Und? Soll schön sein da.«

»Er war bei meinen Eltern.«

»Wirklich? Ohne dich?«

»Ich wusste doch gar nicht, dass er da hinfährt.«

»Woher weiß der, wo die wohnen?«

»Ich hab wohl mal den Ortsnamen erwähnt.«

»Na, das ist ja einer!« Anna lachte auf.

»Ich find das gar nicht lustig. Ich mein, der kann doch nicht einfach zu meiner Familie fahren und mir nichts davon sagen.«

»Ja, es ist schon ein bisschen seltsam. Aber andererseits – er meint es wohl recht ernst mit dir. Warum stört dich das so?«

»Ich will mit dieser Familie nichts mehr zu tun haben. Denen ist egal, ob ich krank bin oder krepiert.«

»Du bist aber ganz schön hart.«

»Ja, das waren sie auch. Hart. Mein Vater war brutal und meine Mutter ein Feigling. Nie würde ich zulassen, dass jemand meine Kinder so behandelt. Ich hab mein Lebtag nichts anderes gespürt als Hartherzigkeit und Gleichgültigkeit.«

»Aber wie war's denn?«

»Was?«

»Na, der Besuch vom Oskar?«

»Ich weiß es nicht. Ich hab aufgelegt.«

»Du hast was?«

»Aufgelegt.«

»Du hast telefoniert?«

»Ja.« Marie zog den Kopf ein wenig ein.

»Da lass dich bloß nicht dabei erwischen. Das Telefon von den Herrschaften ist streng verboten.«

»Ich weiß. Ich mach's nie wieder.«

»Und bist nicht neugierig? Wie es Vater und Mutter geht?«

»Na ja. Ein bisschen. Und wegen der Oma. Ob die noch lebt und wie es ihr geht.«

»Also ich finde, du hast ein bisschen übertrieben. Dass du gleich so grantig bist. Er hat's doch nur gut gemeint.«

»Aber trotzdem. Der kann doch nicht solche Sachen machen, ohne mich zu fragen.«

»Wenn er gefragt hätte, hättest du Nein gesagt.«

»Ja, eh. Was soll ich denn jetzt tun?«

»Du gehst morgen in die Buchhandlung und sprichst mit ihm.«

»Ich? Nein. Er soll kommen!«

»Bist du eine Prinzessin oder was?«

»Nein, aber ...«

»Nix aber. Jetzt spielst nicht den Dickkopf, du gehst morgen zu ihm und ihr redet miteinander. Ich sag dir was: Ich will ja nicht, dass du hier weggehst, aber eines ist gewiss – so einen Mann wie den Oskar findest nicht so schnell wieder. Und jetzt gehen wir schlafen.«

IN DER BUCHHANDLUNG war viel los. Stock stand an der Kasse und Oskar zeigte gerade einem Herrn im eleganten Mantel einen großen Atlas. Er blickte kurz auf, als Marie das Geschäft betrat, und sie sah ihm an, dass er am liebsten den Kunden stehen gelassen hätte, um zu ihr zu eilen. Sie lächelte ihm zu, stellte sich ein wenig abseits und tat, als würde sie interessiert die Neuerscheinungen betrachten, während ihr Herz bis zum Hals klopfte. Er sah müde und erschöpft aus, als er endlich vor ihr stand.

»Es tut mir so leid. Ich wollte dich nicht verletzen«, sagte er leise.

Marie sagte nichts.

»Ich habe geglaubt, ich mache das Richtige. Es kam mir so einfach vor.«

»Mir tut es leid, dass ich gestern so bös war. Es war nicht so gemeint.«

Friedrich Stock war hinter dem Ladentisch hervorgetreten und räusperte sich. »Meine Lieben. Wie wär's, wenn Oskar jetzt seine Kaffeepause macht, und ihr beide geht's mal ins Hinterzimmer? Es muss ja nicht ganz Währing mitbekommen, wenn ihr euch streitet oder wieder vertragt.«

Kaum waren sie durch die Tür, fasste Oskar Marie an der Hand. »Verzeihst du mir?«

»Ja, natürlich. Aber jetzt erzähl! Wie war's denn?«

»Schrecklich. Ich erzähl's dir besser nicht. Du hast recht, dein Vater ist ein grausamer Mensch. Aber ich habe dir was mitgebracht. Schau!«

Er bückte sich und holte aus seinem Rucksack die eingewickelte Wurst, packte sie aus und legte sie stolz vor Marie auf den Schreibtisch.

»Eine Wurst?« Marie kicherte. »Warum denn eine Wurst?«

»Warte. Ich hab noch etwas.«

Und dann überreichte er ihr feierlich das Kochbuch mit dem fleckigen Einband. Marie erkannte es sofort. Die Tränen schossen ihr in die Augen, sie drückte das große Buch an ihre Brust und sagte leise: »Oma.«

»Deine Oma ist wirklich eine großartige Frau. Ich bin so froh, dass ich sie kennenlernen durfte.«

»Meine Oma. Du hast sie gesehen?«

»Ich hab sogar mit ihr Kaffee getrunken. Also unter uns gesagt: Der Kaffee war wirklich grauslich, aber deine Großmutter ist einfach wunderbar.«

»Sie lebt also?«

»Sie lebt und es geht ihr gut. Und als ich ihr erzählt hab, dass du im k. k. Hofburgtheater warst, da hat sie sehr zufrieden ausgesehen.«

»Also ist es doch gut, dass du gefahren bist.«

»Ja, und jetzt hast du auch ein Kochbuch.«

Oskar ging einen Schritt auf sie zu, nahm ihr das Buch aus der Hand und legte es auf den Tisch.

Gerade als er sie in die Arme schließen wollte, flog die Tür auf und Friedrich Stock wedelte aufgeregt mit einem dünnen Blatt Papier. »Oskar! Es ist gerade ein Telegramm gekommen! Von den Golds! Sie haben Fanni gefunden! Sie lebt!«

NACHWORT Historische Romane sind immer eine Mischung aus Fakten und Fiktion. Für *Wenn es Frühling wird in Wien* habe ich auf verschiedene Quellen zurückgegriffen. Zu allem, was Arthur Schnitzler, seine Familie, seine Theaterstücke und deren Aufführungen im Jahr 1912 angeht, waren die Tagebücher von Arthur Schnitzler (Verlag der österreichischen Akademie der Wissenschaften) äußerst hilfreich. Und natürlich die umfangreiche Literatur, die seit Jahrzehnten versucht, dem Phänomen Schnitzler auf die Spur zu kommen. Außerdem habe ich die Stücke, die während dieser Zeit aufgeführt wurden, und auch jene, an denen Schnitzler damals geschrieben hat, gelesen.

Ohne das Online-Zeitschriftenarchiv der österreichischen Nationalbibliothek (ANNO – AustriaN Newspapers Online) hätte ich für die Recherche eindeutig länger gebraucht. Das stundenlange Festlesen in diesem umfangreichen Archiv erinnerte mich immer wieder an das Stöbern in Buchhandlungen oder Antiquariaten: Man findet so viele Dinge, nach denen man gar nicht gesucht hat, die aber manchmal fast interessanter sind als das, was man eigentlich hatte wissen wollen. Auf der Suche nach dem Theaterprogramm und der Kritik zu einem damals aufgeführten Stück bin ich beispielsweise auf Werbeanzeigen und kleine Notizen gestoßen, die meine Fantasie angeregt und mich auf völlig neue Ideen gebracht haben. Für die Szenen meiner Geschichte, die in der Küche und dem Dienstbotenzimmer angesiedelt sind, waren die Chronik-Teile der Boulevardzeitungen eine unerschöpfliche Quelle.

Dank dieser Quellen gab es bei meinen Recherchen zum Zeitgeschehen auch einige Überraschungen. Bei der Lektüre alter Ausgaben der *Illustrierten Kronen Zeitung* aus dem Jahr 1912 stieß ich auf mehrere Artikel, die die Rettung sämtlicher Passagiere der Titanic feierten und sich gleichzeitig auf fast gehässige Weise über den Luxus an Bord echauffierten. Erst später wurden nach und nach Passagierlisten veröffentlicht und das Ausmaß des Unglücks offenbart.

Besonderer Dank gilt Dr. Gerhard Heindl aus der Abteilung für Geschichtsforschung & Dokumentation des Schönbrunner Tiergartens: Das Kapitel über den Menagerie-Besuch von Marie und Oskar ist zwar nur ein Nebenzweig der Geschichte, dank der umfassenden Informationen, die mir Dr. Heindl zugesandt hat, aber eines meiner Lieblingskapitel.

Um mir besser vorstellen zu können, wie der Alltag eines Buchhändlers im Jahre 1912 ausgesehen hat, habe ich mehrere Ausgaben der *Oesterreichischen Buchhändler-Correspondenz* gelesen, die der Hauptverband des österreichischen Buchhandels archiviert. Erstaunlicherweise kamen mir die Themen, denen sich die damalige buchhändlerische Fachpresse widmete, aus der heutigen Branchenpresse nur allzu bekannt vor: sinkende Leserzahlen, schlechte Ausstattung von Büchern, zu niedrige Preise … Wer hätte gedacht, dass wir Buchhändler seit über hundert Jahren die immer gleichen Niedergangsszenarien wälzen?

Naturgemäß hinterlassen die niederen Stände nur wenige Spuren in den Geschichtsbüchern und Archiven. Auch über das Personal des Schnitzler-Haushaltes kann man in den Tagebüchern nur zwischen den Zeilen lesen. Erwähnt wird neben der Sekretärin und dem Hausarzt, die kurioserweise beide Pollak hießen, eine Köchin namens Anna. Und dass die Kinder ein eigenes Fräulein hatten, ist aufgrund der ausgedehnten Reisen, die das Ehepaar Schnitzler unternommen hat, wohl sicher. Marie Haidinger, das Dienstmädchen Sophie und Oskar Nowak sind also Fiktion, ebenso wie ihre Geschichten und Familien.

Auch die Verlagsbuchhandlung Gold und ihre Eigentümerfamilie habe ich mir ausgedacht. Es gab allerdings im damaligen Wien zahlreiche Buchhandlungen und insbesondere in der Innenstadt mehrere große Verlagsbuchhandlungen, mit denen man – im Gegensatz zu heute – noch wirklich Geld verdienen konnte.

Die Buchhandlung des Friedrich Stock in der Währinger Straße 122 gab es dagegen tatsächlich. Friedrich Stock hatte sie 1898 von Felix Stock übernommen und führte sie bis ins Jahr 1913. Für diese Informationen war die Diplomarbeit von Georg Hupfer, *Zur Geschichte des antiquarischen Buchhandels in*

Wien (Wien 2003), sehr hilfreich. Ob Friedrich Stock in Wirklichkeit Familie hatte, wie viele Angestellte er beschäftigte, was er für ein Mensch war etc., konnte ich nicht mehr recherchieren. Sicher ist lediglich, dass er gegenüber der Buchhandlung gewohnt hat.

Außerdem weiß ich ziemlich genau, wie seine Geschäftsräume ausgesehen haben müssen. Denn im Jahr 2004 haben mein Mann und ich die Buchhandlung in der Währinger Straße, die vor langer Zeit einmal Friedrich Stock geführt hat, übernommen. Unsere Vermieterin, Cornelia Schreiber, hat uns netterweise ein historisches Foto, das zu Beginn des 20. Jahrhunderts aufgenommen wurde, zur Verfügung gestellt. Darauf sind die damaligen Inhaber vor ihrer Buchhandlung zu sehen.

Seit ich diese Informationen habe, betrete ich meinen Arbeitsplatz jeden Tag ein wenig ehrfürchtiger.

Petra Hartlieb, November 2017